leykam: *seit 1585*

Peter Karoshi

Zu den Elefanten

Novelle

leykam: *Belletristik*

Covergestaltung: Annalena Weber, Buchdesign, Hamburg
Coverfotos: Olifant, Barent de Bakker, after De Seve, 1762–1804, Creative Commons; Wolfgang Lazius, Austriae Chorographia (1563/1620), Ausschnitt, Creative Commons
Lektorat: Gundi Jungmeier
Satz: Gerhard Gauster
Druck: Finidr, s.r.o.
Gesamtherstellung: Leykam Buchverlag
www.leykamverlag.at

ISBN 978-3-7011-8187-2

Die Drucklegung des vorliegenden Bandes wurde unterstützt durch:

Bundesministerium
Kunst, Kultur,
öffentlicher Dienst und Sport

Gefördert von der Stadt Wien Kultur

Stadt Wien

Einst kam ein großer Elefant von Süden her in unser Land. In dieses Haus da kehrt er ein und aß und trank viel guten Wein. Gesättigt froh und heiter zog er dann wieder weiter. Also geschehen anno domini 1551

Hotel Elefant, Auer in Südtirol

But these are scientific books, and science only deals with surfaces; it has nothing to do with realities – it is impertinent if it attempts to do with realities ... A learned man said to me a few weeks ago: »When I have to choose between the evidence of tradition and the evidence of a document, I always believe the evidence of tradition. Documents may be falsified, and often are falsified; tradition is never falsified.«

The Terror, Arthur Machen

Montag, 2. Juli

Ich bin Theo, und alles was gekommen ist, ich habe es einfach immer angenommen. Das kommt mir manchmal so vor. Eine Eigenschaft, die eine Analyse dessen, was einem geschieht, nicht ausschließt, ganz im Gegenteil. Wahrscheinlich dient dieses Tagebuch einer Reise trotz allem Verstehenwollen also auch der Untersuchung und Sammlung, was vielleicht gar nicht geändert werden kann. Deshalb dachte ich damals schon bei unserer Ankunft im Salzburger Lungau, dass das Dorf Sonnseit ein seltsamer Ort ist. Seit Stunden, seit Wien, um genau zu sein, hatte es geregnet. Sonnseit ist kein guter Ort, um die gesamten Sommerferien zu verbringen. Die Aussicht auf zwei Monate mit Anna, meiner Frau, und meinem Sohn Moritz allein in erschreckender Abgeschiedenheit war wenig erfreulich. Dementsprechend schlecht war meine Laune. Aber gut, auch das war ein wiederkehrender Moment der Angst, wenn man nur einmal nach der vierstündigen Autofahrt angekommen war.

Das Dorf ist über eine einzige Straße zu erreichen. Zuerst in engen Serpentinen durch den Wald herauf und dann das letzte Stück auf der Höhe zwischen Wiesen, teilt sich Sonnseit in einen Hauptort mit vielleicht fünfzehn Häusern, ehemalige Bauernhöfe und ein Gasthof, der seit drei Jahren geschlossen hat, danach senkt es sich in einen kleinen Talkessel, der am Fuße einer Bergkette endet. Unter dem linken, niedrigsten Gipfel, am Ende der asphaltierten Straße liegt, immer in Sichtweite des höchsten, rechten Gipfels, unser Haus, eng gedrückt an drei weitere Einfamilienhäuser, die wohl alle im gleichen Zeitraum errichtet worden sind. Auf dem Weg durch den Kessel hierher liegen noch vier weitere, wesentlich ältere Häuser.

Dass Moritz und ich dann schon nach etwas mehr als zwei Wochen allein von diesem Ort aufbrechen würden, war zu diesem Zeitpunkt nicht absehbar.

Am frühen Abend dieses ersten Tages regnete es nur mehr leicht, der Wind in den Blättern der Hecken am Bachrand hatte das Rauschen des Regens abgelöst, ich überlegte mir erste Schritte in Richtung einer vorsichtigen Versöhnung mit Anna, als die Sonne noch einmal durch die Wolkendecke kam. Der Garten wurde von einem freundlichen Licht erwärmt und ich dachte mir, dass das ein gutes Zeichen dafür war, dass die Dinge selbst immer auf den für sie richtigen Moment zur Lösung, zum Weitermachen warten. Über die nasse Rasenfläche, auf der linken Seite von Sträuchern und der Straße, auf der anderen von einer zusehends verwilderten Fläche zum Wald hin begrenzt, hüpfte eine Bachstelze. Ich konzentrierte mich unvermittelt auf diese wenigen Sekunden, als der Vogel hurtig zu laufen schien. Vielleicht hatte der Regen die üblichen Würmer aus der Erde gelockt oder Käfer unbeweglich im Gras zurückgelassen. Was auch immer es war, was der Vogel suchte, er schien es in der ersten Eile nicht vorzufinden. Konnte er etwas übersehen haben? Ich starrte das Tier verdutzt an. So viele Sommerferien hatten wir schon in Sonnseit verbracht und nie waren mir diese Vögel als besonders aufgefallen. Hatte sich meine Aufmerksamkeit oder ihr Verhalten geändert? Wollte ich dem Tier helfen?

Noch schneller schien die Bachstelze durch die nasse Wiese zu laufen, ohne Plan und mit einem mir nicht bekannten Ziel. Die langen Schwanzfedern wippten zum Hüpfen des restlichen, so fragil scheinenden, Körpers. Wieder schoss der kleine, graue und blaue Pfeil nach vorne und der Schwanz hatte eine Extratour einlegen wollen, wurde beinahe mitgerissen. Der Rhythmus war mir ein Rätsel, ich verstand nichts von dem, was ich beobachtete. Es war, als würde ich ein aus dem Ruder gelaufenes Arbeitsvorhaben aus der Ferne zur Analyse vorgelegt bekommen. Der Vogel zeigte beinahe menschliche Züge in seiner Eile und Aufregung. Ich stand auf, um meine Anwesenheit zu zeigen, das Tier zu vertreiben aus seinem Unglück, so sehr rührte es mich. Eine Emsigkeit, ein großer Eifer trieb die grazile Gestalt an, die freundlichen Farben des Wassers in seinen Federn passten in Wirklichkeit zum Regenwetter. Vielleicht, dachte ich, bedarf der Vogel meiner Hilfe, weil ich hier stehe und verfügbar wäre, auf der anderen Seite war das natürlich mehr noch als eine Anmaßung, eine Blödsinnigkeit, ein Sich-Einmischen in Dinge, die einen nichts angehen.

Die Bachstelze ist ein sonderbares Tier, dachte ich da, wie sie mich anzustoßen scheint, mich mit mir zu beschäftigen, ganz so als würde sich alles hier nur um mich drehen. Ich befragte mich damals mehr und mehr nach meinem Lebensmittelpunkt, genauso wie es mir als naturgemäß von Älteren angekündigt worden war. (Damals hatte ich darüber gelacht, über die Freunde und ihre zweifelnden Vorstellungen, was ihre Leben anging.) Da beendete der Vogel vorläufig seine Reise durch den Garten und flog rasend schnell in ungelenk scheinenden Bewegungen in Richtung der Sträucher an der Straße. Der Zickzackkurs entsprach dabei der sympathischen, aber bemitleidenswerten Planlosigkeit von vorhin.

Ich war in der Lage, meine Gefühle einzuordnen, weil ich viel gelesen und gehört hatte in meinem Leben, und ich wusste um den Moment der Begeisterung und den Sturm, den er entfachen konnte, und genau deshalb verfiel ich keiner dieser Illusionen, um etwa sofortige Schlüsse und ernste Konsequenzen zu ziehen. Nein, ganz im Gegenteil, dort im Zwielicht des untergehenden Tages fand etwas statt, das ich nicht erklären konnte. Das bestätigte mich sehr, dahinter etwas Bedeutsames zu erahnen.

Ich hörte den Boden im Haus hinter mir knarren. Als ich ansetzte, um mich für meine Worte von davor bei ihr zu entschuldigen, kam stattdessen Moritz durch die Tür. Er nahm einen Anlauf, stürmte auf mich zu und versuchte mich niederzureißen. Ich hielt ihn lachend und nur mühsam auf, und er stellte sich neben mich und sah ebenso bedeutsam in den Garten. Ich legte eine Hand auf seine Schulter. Mit neun Jahren ist einem das Kind bereits entwachsen, und umso freundlicher drückte ich ihn, immer im Versuch, ihm nicht weh zu tun. Ein vorsichtiges Alter für uns beide, dachte ich, vierzig und neun.

»Warum bist du nicht drin?«, fragte er.

»Ich habe einem Vogel zugesehen.«

Doch da interessierte es ihn offenbar schon nicht mehr so besonders. Auf keinen Fall wollte ich ihn belehren, aber ich konnte mich nicht zurückhalten. Diese neun Jahre sind eine Grenze, ein Alter des Übertritts, mein Sohn hörte sich meine Gedanken über die Bachstelze und mein Erlebnis mit ihr an und betrachtete mich freundlich von unten.

Na ja, dachte ich da, es lässt sich auch nichts mehr festmachen, alles bleibt unbestimmt und im Vagen. Mehr als Gefühle ließen sich bei diesem seltsamen Erlebnis nicht ausmachen. Ich mutete mir zu viel zu. Was in der Erinnerung greifbar bleibt, sind solche wie ich, die einen dann von oben herab belehren. Darauf hätte ich früher einmal auch verzichtet.

»Habt ihr euch gestritten?«, erinnerte er mich. »Ihr solltet das nicht machen.«

Dieses sympathische Selbstbewusstsein, das ich sehr bewundere. Ich nickte. »Aber nicht wirklich gestritten. Eine Meinungsverschiedenheit eher.«

Das kannte er von uns, und so nickte auch er wissend und ich ging mit ihm hinein und entschuldigte mich nicht, denn es war nicht mehr nötig, weil wir uns gut verstanden und über andere Dinge zu reden begannen, ich den Vogel vergaß, und was mir mit ihm durch den Kopf gegangen war. In dieser Nacht, kurz vor dem Einschlafen, fiel mir die Begegnung mit der Bachstelze noch einmal ein. Als hätte ich mit den Fingern geschnippt, so stark war das Bild wieder da und ich erinnerte mich an meine Jugend, die sich unendlich vergangen anfühlte. Da dachte ich noch einmal über meine jetzige Lage nach. Dass ich mir früher beim Einschlafen ausgemalt hatte, was ich Großes vollbringen und welche Menschen ich damit letztlich beeindrucken wollte. Es kam mir so vor, als hätte das alles im Alter von neun Jahren begonnen, und als ich selbst ein Vater geworden war, hatte es aufgehört, das Hinlegen zum Schlafen war ein sofortiges Einschlafen geworden, so sehr ich mich auch noch daran geklammert hatte, wenigstens im Wegdämmern hinein in die Nacht Wunder zu vollbringen. Ich war erwachsen und alles war ein rasender Strudel geworden. Ständig kehrte ich an die gleichen Stellen zurück, die ich doch gerade vor kurzem erst verlassen geglaubt hatte: das Aufstehen, die Mahlzeiten, der Stillstand in der Arbeit und das Schlafengehen zu den möglichst immer gleichen Zeiten.

In dieser Nacht dachte ich mich weiter in den Strudel hinein, fürchtete schon die Schlaflosigkeit, doch da ließ mich das unverständliche Bild der emsigen Bachstelze plötzlich los und ich schlief ein, auch weil Anna sich im Schlaf an mich drückte.

Dienstag 3. Juli

Am nächsten Morgen verstanden wir uns glücklicherweise endgültig wieder gut. Ganz im Gegensatz zu unseren wenigen Bekannten sind wir beide morgens mit einem erstaunlich sonnigen Gemüt ausgestattet, an diesem Tag allenfalls getrübt von einer zu früh gerauchten ersten Zigarette auf der kalten Terrasse und den damit verbundenen Vorwürfen der Missachtung von Gesundheit und allen Konsequenzen eines solchen Verhaltens.

Wir saßen einander gegenüber, die ersten wirklichen Sommersonnenstrahlen auf unseren Profilen. Der glitzernde Rasen zu meiner linken, rechts das Haus vor dem Berg, von dem, immer das Bachbett entlang, ein kühler Wind herunterkam, der auch durch die Sträucher und Bäume nicht gebremst wurde. Gleichzeitig aber kam vom Tal herauf ausflockender Morgennebel, alles zusammen erinnerte uns daran, dass wir Glück gehabt hatten. Trotz der andauernd unsicheren Verhältnisse, was das finanzielle Auskommen, aber auch, in meinem Fall, die Beschäftigung überhaupt betraf.

Ich zündete mir eine neue Zigarette an.

»Ich habe gesehen, dass du wieder viele Bücher, gute Freunde quasi, eingepackt hast. Wie viele aber wirst du davon lesen? Fernand Braudel und *Die Welt des Mittelmeeres*? Wobei wir ja immer nur die Rezepte der *Méditerranée* gekocht haben, oder?«

Ich nickte, übersah ihr Grinsen geflissentlich. »Das vielleicht noch am ehesten, von den anderen: kein einziges«, sagte ich. Wir lachten. Eine Lüge, aber gut, wenn du von dreißig Büchern vielleicht eines, zwei lesen wirst, in zwei Monaten, dann macht das wirklich keinen großen Unterschied.

»Ein einziges neues ist mir aufgefallen: *Die Geschichte der Kindheit*.«

»Philippe Ariès«, ergänzte ich, »willst du wissen, worum es da drin geht?«

»Nur wenn du mir eine Zusammenfassung des Wikipedia-Artikels dazu sagen kannst.«

»Dann lieber doch nicht. Oder nein, viel besser: der Buchtitel wird dir in diesem Fall genügen müssen.«

Sie nickte ebenfalls, schätzte die Anerkennung ihrer Wünsche. Dann soll sie eben auch wirklich auf Wikipedia nachlesen, worum es sich da dreht. Was sie offenbar nicht wusste, und das wunderte mich sehr, war, dass ich dieses Buch in praktisch jedem Sommer nach Sonnseit mitgebracht hatte. Gut versteckt von mir entweder, nie aufgepasst von ihr, das wäre dann das oder.

»Brauchst du das für die Arbeit?«

»Nein, das ist ja völlig veraltet. Ich lese nur hin und wieder so hinein.«

»Mich kannst du ja mit sowas jagen, die Geschichte der Kindheit. Das wollen wir besser alles gut ruhen lassen.«

»Sagt die abgeklärte Biologin.« Aber darauf wollte sie gar nicht eingehen.

»Gerade weil wir Eltern sind, ist eine Geschichte des

Kindes irgendwie auch nicht mehr so relevant? So irgendwie um die Ecke gedacht«, versuchte ich ihren Gedanken weiterzuführen.

»Ja, natürlich«, sagte sie versonnen, »die Kindheit geht zu Ende, neue Abschnitte beginnen.«

Ich sah sie ernsthaft an, weil ich's mir nicht schon am ersten Tag nach einem Streit wieder mit ihr verderben wollte. Ich wollte, dass sie meine Bemühungen bemerkte und dachte doch daran, dass ich unserem Sohn gegenüber etwas als Meinungsverschiedenheit abgetan hatte, dass doch letztendlich viel gefährlicher war. Eigentlich, erkannte ich, fürchtete ich mich. Aber wovor ich mich fürchtete, war mir nicht so ganz klar.

»Ja«, sagte ich also leichthin, »beruhigend, das Kind so weit zu sehen.« Und nach einer Pause: »Eine erste Grenze wurde jedenfalls überschritten. Nach all dem Rennen um und für das Kind, auch einmal wieder zu sich selbst finden. Es war ja streckenweise so, als würde man einem Plan folgen, der tief in einem abgespeichert ist, ein Bauplan des Lebens, der zum Selbstläufer wird, zum Schutz der Kinder in diesen Anfangszeiten.«

»Ja, von mir aus, eine Grenze«, unterbrach sie mich, »das ist doch immer so, es sind vielleicht noch zwanzig Jahre, vielleicht auch nur zehn, wer weiß das schon jetzt, und dann sind wir Geschichte.«

Wir, fragte ich mich, als Gesellschaft, oder wir als Beziehung?

»Vielleicht, wir sind natürlich voll mit dem Kind beschäftigt, auch wenn wir jetzt vielleicht an einer neuen

Grenze stehen, aber findest du nicht auch, dass so vieles schon geschafft ist?«

Da schüttelte sie ablehnend den Kopf. Ich zündete mir noch eine Zigarette an. Blies den Rauch in den Vormittag. In diesem Sommer planten wir, die gesamten Schulferien hierzubleiben, zum ersten Mal, Moritz und ich zumindest. Die Artikel, die ich mir zu schreiben vorgenommen hatte, würde ich Woche um Woche vor mir herschieben, um sie schließlich in Eile und halbfertig eine Woche vor der Deadline abzugeben.

Ich wollte ehrlich sein. »Eigentlich ist es dieses Gefühl einer tiefen Befriedigung, dass sich etwas eingestellt hat, von dem wir immer wussten, dass es schließlich eintreten würde. Es ist ja schließlich immer nur um unser Warten, Erwarten von mir aus, gegangen.« Sie lachte schon wieder, ich konnte den Spott in ihren Augen blitzen sehen. »Aber, dass es eintrifft, darauf haben wir uns ja immer verlassen« schloss ich.

Sie ersparte sich Vorwürfe, obwohl sie auch mit diesen recht gehabt hätte. Ich glaube tatsächlich, dass die Dinge auch ohne unser Zutun geschehen und verweise an solchen Stellen auf die Tatsache, dass es Entwicklungen gibt, die in jahrhundertealten Abläufen ruhen, und auf die wir keine Sicht haben. Ich selbst sehe mich hier gut eingebettet in eine abendländische Tradition eines sympathischen Determinismus.

Alles das habe ich an mir selbst erkannt, ich selbst entspreche genau dieser Tradition. Als wir uns kennenlernten, nach Beendigung unserer Studien, hatte Anna mich gefragt, warum ich ausgerechnet Historiker geworden war.

Kulturwissenschaftler, hatte ich sie korrigiert, um ihre Frage dann wahrheitsgemäß zu beantworten: Weil es mir angeboten worden war. Ich hatte ein Referat in einem Seminar meines späteren Chefs gehalten: Verbindungen des ersten Wiener Kreises zu irgendwohin, anderen Kreisen vermutlich, ich habe es vergessen, hatte es wohl damals schon nicht mehr gewusst. In diesem Moment hätte auch ich einen Wikipedia-Artikel gebraucht. Ich möchte das praktischste Lexikon der Welt nicht schlechtreden, ganz im Gegenteil, ich fordere jeden auf, sich im Zweifelsfall immer und so schnell wie möglich auf Wikipedia Klarheit zu verschaffen, für den ersten Überblick ist's einfach das Beste. Jetzt, wo ich das hier niederschreibe, kommt es mir sogar vor, als hätte ich bei diesem Referat versucht, mit Diagrammen und grafischen Hilfsmitteln korrespondierende Mitglieder des Kreises aufzuzeigen. Oder hatte ich an anderer Stelle über Karl Popper gearbeitet? Ich weiß es nicht mehr. Ich bin mir nicht einmal mehr sicher, ob Popper etwas mit dem Wiener Kreis zu tun gehabt hat. Zwanzig Jahre sind vergangen und ich habe nicht die geringste Erinnerung daran, wie es eigentlich gekommen ist, dass ich in diesem Job gelandet bin. Denn, und das ist das zentrale Erlebnis, hatte ich damals zu Anna gesagt, es reicht, ein Referat zu halten, das offenbar etwas wie einen Nerv trifft, so sagt man doch. Danach hatte man mir Korrektur- und Lektoratsarbeiten für eine große Edition verschiedener wissenschaftlicher Texte zu Konstruktionen von Fremdheit und Vielfalt in National- und Vielvölkerstaaten angeboten. Und so war ich ins Geschäft hineingerutscht.

Interessant, hatte sie genickt. Es hatte sie natürlich keine Sekunde ernsthaft interessiert, das war mir von Anfang an klar gewesen.

Na ja, geht so, hatte ich geantwortet, ich war vor diesem Seminar drauf und dran gewesen, alles hinzuschmeißen, aber plötzlich schien es verlockend, ein Geisteswissenschaftler zu werden. Ich nahm das Angebot an, weil ich mich irgendwie auch nicht dagegen wehren wollte. Die Edition selbst wurde übrigens immer wieder verschoben. So lange, bis sich wohl niemand mehr dafür interessierte. Warum auch immer, ich habe nie herausgefunden, was genau der Grund dafür eigentlich war. Aber, und das ist wohl der entscheidende Punkt, ich habe auch nie nachgefragt.

Einen Beruf gewählt, weil man den Entwicklungen nicht entfliehen zu können glaubt und dabei die Verantwortung für die Gegenwart auf undefinierbare Strömungen, die außerhalb des eigenen Einflussbereichs liegen, geschoben: Sicher werden andere Leute diese Einstellung als leidenschaftslos feige ansehen. So deutlich ich auch zu anderen Zeiten gegen solche Vorwürfe aufgetreten war, so sehr zweifelte ich auch in diesem Moment, als Anna und ich uns in der Morgensonne an unserem zweiten Urlaubstag ansahen, an der Sinnhaftigkeit einer Verteidigung meiner selbst.

»Ich habe aber auch ganz andere Bücher mitgebracht.

Du würdest deine Freude dran haben.«

»Daran möchte ich jetzt sehr gerne ein bisschen zweifeln.«

»Nein, nein, keine Sorge. Ich kann dir das sehr gerne ersparen.«

Ein oft gespielter Witz, vielleicht erschien er mir deshalb als realer Teil meiner Erinnerungen, gut aufgehoben in einem der vielen Schuber meines privaten Archivs.

Vielleicht war auch der Beruf des Kulturwissenschaftlers für die Kraftlosigkeit dieses Moments verantwortlich, dieses Verankertsein in strengen Abläufen, Hierarchien und Linien bei gleichzeitigem Anspruch, sich selbst und die tägliche Arbeit erfolgversprechend zu organisieren, um letztendlich etwas von Bestand zu hinterlassen. In Wirklichkeit spiegelt sich die Richtigkeit der Denkweise, den Dingen beim Werden zuzusehen und nur bedingt in deren Entwicklung einzugreifen, in unserer konkreten Arbeitsweise wider, dachte ich damals. Alle diese Artikel und Beiträge zu kulturwissenschaftlichen Analysen der urbanen Milieus verschiedener Zeiten schrieben sich im feindlichen Umfeld von einer uns nicht wohlgesonnenen Stimmung und, eng damit verbunden, der Stille hier am Land, denn hier hatte ich tatsächlich noch am ehesten Zeit für die Forschung gefunden. Tatsächlich waren wir, denn Anna bedient das gleiche Geschäft von der naturwissenschaftlichen Seite her, in ein absurdes Hickhack zwischen vormittäglichen Kaffee- und Zigarettenpausen und nachmittäglichen Jour Fixes über alle nur vorstellbaren Ismen eingebunden. Diese Gemengelage verbunden mit tristen Verwaltungstätigkeiten, die vom Brandschutzbeauftragten bis hin zum Verantwortlichen für die Auszahlung der *per diems* auf den Klausuren reichte, zwang einen geradezu, Zuflucht in der Hoffnung zu suchen, dass sich die eigentliche Arbeit, das, wo unser Herz lag, irgendwie von allein erledigen würde.

»Diese Arbeiten, diese Bücher, von der Geschichte der Kindheit angefangen bis hin zu den grundgegebenen Entwicklungen, auf die du keinen Einfluss zu haben glaubst, drücken auf dein Gemüt«, bohrte sie jetzt nach. »Du glaubst, dass es etwas in diesem Land, im Boden, in deinem Geist gibt, letztendlich ist dir das alles eins, eine Bewegung, die im Rahmen von irgendwelchen schicksalhaften Bestimmungen deine Berufswahl ebenso wie dein gesamtes Leben beeinflusst hat und am Ende des Tages«, sie begann zu kichern, »alles zu einem guten Ende bringt.« Und nach einer Pause: »Du vertraust auf einmal der Tradition? Das passt nicht zu dir.«

Mein Glück, dass sie die letzten Worte vor Lachen schon kaum mehr herausbrachte. Trotzdem ärgerte ich mich. Weil sie ja nicht falsch damit lag.

»Ja«, sagte ich, »stimmt von mir aus, weil ich dir keine Wahrheiten als Antwort geben kann. Aber habe ich nicht doch auch recht damit? Schau dir diese Momente hier an. Schau dir dieses Kind an: man möchte nichts daran ändern! So wie er jetzt ist, so wie er bis hierhergekommen ist, so ist alles erledigt! Haben wir nicht immer gesagt, dass es mit acht, zehn, vierzehn Jahren, ist ja egal wann wirklich, für ein Eingreifen zu spät sein wird? Auf eine gewisse Art ist alles bereits geschafft, das ist das Gefühl, das ich nicht mehr loswerde.«

»Wir reden aneinander vorbei. Merkst du das nicht?«, sagte sie leise und verärgert.

Dort, wo die Frühjahrsstürme im Mai bei unserem ersten Urlaub in diesem Jahr noch den Blütenstaub aus den Fichten zu braunen Wolken in die Höhe gejagt hatten, bewegten sich die Baumspitzen jetzt langsam und gemächlich ohne Spuren zu hinterlassen. Doch wenn es am Vormittag solchen Wind gibt, bedeutet das Regen am Nachmittag. Eine große Ruhe hatte sich über den Landstrich, mit unserem Ferienhaus in der Mitte, gelegt. Ich schaute in die grauen Wolken, die uns auf ihrem Weg vom Tal herauf gefunden hatten, vielleicht würde der Regen früher kommen.

»Ja, aber unser Sohn wird sich ändern«, sagte sie und langsam sah ich wieder zu ihr, »du verstehst das nicht, dass es nicht so bleiben wird, wie es jetzt ist. Umso schlimmer für dich, wenn du es jetzt als so stillhaltenswert empfindest.«

Da verstand ich, nur mit dem Kopf, dass sie recht hatte, es bestand die Möglichkeit, dass es einmal nicht mehr so schön wie in diesen Tagen sein würde, und ich wurde traurig. Ich sah wieder in die grauen Wolken und tatsächlich fielen in diesem Moment die ersten Regentropfen auf den Rasen, auf dem am Nachmittag davor die Bachstelze mir noch Hoffnung hatte geben wollen.

Mittwoch, 4. Juli

Auch am Tag danach regnete es noch immer. Mit Hilfe grauer, böser Wolken bewegte sich der Regen vom Talschluss her auf das Dorf zu. In dieser Landschaft, der Landschaft meiner Frau und ihrer Familie, fühlte ich mich schlecht aufgehoben, ein beunruhigendes Gefühl am Fenster im Trockenen zu stehen.

»Ich gehe hinaus, eine rauchen«, rief ich in eines der drei Zimmer hinter mir, »und nehme Moritz mit!«, und zwinkerte dem Buben mit einer Kopfbewegung zu. Er stand vom Tisch auf.

»Denk bitte dran, dass ein Gewitter kommen kann.«

»Okay«, sagte ich. Wir gingen unsere Schuhe holen.

»Es wird nicht blitzen, am Vormittag hat's noch nie ein Gewitter gegeben«, sagte Moritz bestimmt, als er mühsam die Terrassentür öffnete.

Die Umgebung unseres Hauses war in grüne, kalte Feuchtigkeit gehüllt. Hinter der dichten Hecke aus Berberitzen, Hainbuchen und anderen, bis zu zwei Metern hohen Stauden, über die Straße hinweg, die einzige Verbindung mit der Außenwelt für diese letzten paar Häuser, erhob sich der Berg, stundenlange Fußmärsche entfernt, auf über zweitausend Meter Seehöhe. Wenn er nach all dem Regen auf die Straße niedergehen würde, dachte ich, dann wären wir gut abgeschnitten vom Rest der Welt. Einen Schrecken später gefiel mir der Gedanke dann ganz gut. Ich sah wieder zum Berg hinauf. Als ich noch neu hier gewesen war, hatte ich einen der Nachbarn gefragt, ob man mit dem Kind hinaufkonnte. Natürlich, er hatte mit den Schultern gezuckt, käme man mit Kindern, Kleinkindern sogar, auf den Berg hinauf, keine Frage, er wusste sogar von Touristen, die den Grat zum Gipfel hin mit Kindern auf den Schultern begangen hatten. Er selbst wäre, typisch für die Einheimischen, hatte er grinsend gesagt, allerdings noch nie oben gewesen.

Spitz und grau ragte der Berg über uns in die Wolken. An einer uns abgewandten Seite war in einer steilen Schotterrinne an einem Silvestertag eine Gruppe von jungen Männern, Einheimische, auf Schi abgefahren, hatte diesen Irrsinn mit Helmkameras und auf YouTube dokumentiert, vom angeblich drei Meter hohen Gipfelkreuz ragte am Beginn des Videos nur die Spitze aus dem Schnee. Ich sah zu meinem Sohn hinunter, er lehnte erwartungsvoll und auf die gleiche Art wie ich an der Hauswand, dachte sich dabei vielleicht etwas Konkreteres als sein gedankenverlorener Vater, der schon längst nicht mehr wirklich zu reden schien, aber immerhin vielleicht auch nicht schimpfte oder laut wurde. Ich fuhr ihm durch die Haare, genau so eine Frisur hatte ich in seinem Alter gehabt.

»Komm«, sagte ich, legte ihm schon wieder die Hand auf die Schulter, »stellen wir uns zur Hecke«, und zündete mir die Zigarette an.

»Wie lange wird es noch regnen?«, fragte er nach einer Weile.

»Weiß nicht, sehen wir drinnen dann nach, oder?«

»Okay. Das ist echt kein guter Beginn für die Ferien.«

»Das stimmt.« Und nach einer Pause fragte ich: »Sollen wir uns etwas Besonderes vornehmen, wir alle zusammen?«

Dazu nickte er nur und sah plötzlich genauso gedankenverloren in die Landschaft, wie ich vorher. Ich dagegen beobachtete ihn genau, wie wir dort standen und auch noch, als wir schon längst wieder im Haus waren.

Ich wollte ihm von einer Fossilienausstellung erzählen, die mir während der Autofahrt, vorbei an einem jener marinen Becken zwischen triassischen Gesteinen, genannt Gosaubecken, die besonders reich an Fossilien sind, aufgefallen war. Neben Landeck und einem Ort in der Steiermark – war das der Dachstein? – wusste ich von keiner weiteren Stätte, die für diese Besonderheit bekannt wäre. Anna warf etwas von einem Römermuseum aus dem Nebenzimmer ein, an einer der alten Römerstraßen, die sich durch diese Gegend zogen, wären sensationelle Funde zu besichtigen, sagte sie.

Da stand sie auf einmal in der Tür: »Du müsstest das doch wissen. Da war doch ein Artikel, vor kurzem erst, dass sie hier eine Straße, Teile einer Straße gefunden haben, die Oberitalien mit den germanischen Provinzen verbunden hat.«

»Eine Straße findet man doch nicht so einfach, von der hat man ja schon immer gewusst, die sieht man in Wirklichkeit noch heute, weil sie heute noch als Weg benutzt werden wird.« Ich stoppte, sah, dass sie sich über mich ärgerte.

»Dann hat man eben Fundstücke an einer alten Straße gefunden, Artefakte, sag schon, du weißt es ja sowieso besser.«

Doch mich hatte eine große Sprachlosigkeit ergriffen. Ich hätte meinen Menschen, den wenigen, die mir noch geblieben waren, sagen sollen, wie sehr ich sie liebte. Stattdessen ging ich unruhig und getrieben von etwas, das ich nicht fassen konnte, durch die alte Landschaft.

Ich sah meinem Sohn beim Lesen zu, bewunderte ihn für seine Ruhe und Ausgeglichenheit, beides Eigenschaften, von denen ich doch auch wusste, dass sie innerhalb von einer Sekunde in eine nichts verzeihende Wut, auch sich selbst gegenüber, umschlagen konnten. Mit Neid bewunderte ich, wie wenig irritiert sich meine Frau von meiner Unruhe zeigte, wie ungerührt sie mit ihren Arbeiten weitermachte. Ich dagegen sprang vom Schreibtisch auf, sobald ich gerade einmal einige Dateien geöffnet, blind für ihren Inhalt gebannt auf den Bildschirm gestarrt hatte, um letztlich doch bewegungslos zu bleiben: Um mich herum schien alles in Bewegung, diese offensichtliche Entwicklungshaftigkeit von allem Vergangenem, die nicht zuletzt in allen diesen Artikeln in meinem Notebook nicht nur vorgefunden, sondern geradezu gefordert wurde, wünschte ich mir für meine Gegenwart auf einmal nicht mehr.

Am Abend des gleichen Tages hatte ich Anna und Moritz trotz andauernden Protests zu einem langen Spaziergang die Wiesen hinauf in Richtung des Berges gezwungen. »Erpresser«, hatte Moritz gezischt, dann hatten wir alle drei gelacht, weil es ja auch lustig geklungen hatte. Ohne es zu wollen, versäumte ich den richtigen Moment, ein Gespräch zu beginnen. Danach, das wusste ich aus Erfahrung, würde sich nun auch keines mehr ergeben. So stapfte ich missmutig wegen der nicht ergriffenen Chance, ansonsten aber fasziniert von der Umgebung vor den beiden bergauf. Ich sah verwirrt nach vorne und dann wieder nach hinten, trotz des hohen Grases glaubte ich, auf gepflegtem Grund zu spazieren, zu einem Garten hinter einem schmiedeeisernen Gitter, alt und gut verrostet, der ein vielleicht ehrwürdiges Haus umschloss (tatsächlich dachte ich an ein Spukschloss). Da erst fiel mir ein, dass ich genau das vor ein paar Tagen, noch in der Stadt, geträumt hatte. Dass ich mich nämlich in einem verwilderten Garten in einer Landschaft, die genau dieser dort ähnlich schien, verirrt hatte. Dass es geregnet hatte und ich durch wucherndes, knotiges Gras gehen hatte müssen, das genauso wild wie jenes draußen vor den Gittern gewesen war. Von wegen gepflegt, dachte ich missmutig, nichts passt mehr zusammen.

Wir gingen den Höhenweg weiter, bis wir an eine Weggabelung kamen. Ein gelbes Schild mit schwarzer Schrift auf einem Metallpfosten, der in einem Loch mit frischem Beton aufgefüllt steckte. Beim letzten Mal im Mai war hier noch kein Wegweiser gestanden. Der Beton war noch feucht. Wir befanden uns, las Moritz vor, auf dem *Weg des Buches*.

»Mit Unterstützung von Bund, Land und Europäischer Union«, las ich weiter und wir lachten. Zu gut um wahr zu sein.

Später am Abend im Bett las ich Anna vor, dass das Projekt des Bücherwegs eine Route nachstellte, auf der früher protestantische Bücher vom romkritischen Norden in den Süden geschmuggelt wurden. Und wie sich gerade in diesen schwer erreichbaren Tälern eine beinahe alles ergreifende Art des Protestantismus auch in Zeiten der Gegenreformation gehalten hatte. Ich war begeistert. Sie dagegen murmelte mit wenig Interesse und unter tiefen Atemzügen, dass ich das unbedingt Moritz erzählen müsste. Ich lag wach und dachte wie benommen über die Alpen nach, in deren Mitte wir, wie in all den Jahren zuvor schon, unseren Urlaub verbringen würden. Wie auf denselben Wegen und Straßen, die die römischen Legionen nach Norden benutzt hatten, so viele Jahrhunderte später Bücherschmuggler nach Süden gezogen waren, deren Weg sich mit jenem eines spanischen Elefanten und dessen Kaiser und Besitzer kreuzte, die in eine andere Himmelsrichtung zogen. Was absurd erschien, hatte ich dennoch mit Moritz im Frühjahr bei einer Führung entlang Wiens antiker Spuren erzählt bekommen. Mir persönlich war die Geschichte des Elefanten Soliman nicht bekannt gewesen, aber um mich herum hatten alle ganz informiert getan und über den triumphalen Einzug in Wien im Jahr 1552 geredet. Eine völlig verrückte Reise, auf der das Tier von Spanien ausgehend über das Mittelmeer bis Genua, und von dort durch die Alpen, angeblich immer in Begleitung seines neuen Herren, dem späteren Kaiser Maximilian II., wanderte. Ich erinnerte mich in diesem dunklen Moment in der Nacht in unserem Ferienhaus, dass ich die Führerin noch hatte fragen wollen, ob Maximilian tatsächlich die ganze Reise seines Elefanten von Spanien bis Genua und weiter durch die Alpen mitgemacht hatte (hatte er, was damals unvorstellbar für mich war). Aber sie war bereits von einigen Hobbyhistorikern belagert worden und so hatte ich mich dezent mit einem Handwinken von der sympathischen Frau mit dem Minirock und der guten Kurzhaarfrisur verabschiedet, was sie naturgemäß nicht bemerkte, und war mit Moritz in ein Kaffeehaus gegangen. Ich lag da und dachte über ihren letzten Satz nach, dass nicht zuletzt eine Reihe von Gasthäusern an der Reiseroute des Elefanten nach dem wundersamen Tier benannt worden war. Eine schöne Vorstellung, dass das außergewöhnliche Erlebnis in Erinnerungsstätten verewigt worden war. Was musste das für ein Gefühl gewesen sein, dem Elefanten gegenübergestanden zu sein und noch Jahre später davon erzählen zu können?

Seltsam erschien mir das alles, noch viel seltsamer als es den Menschen von damals vorgekommen sein musste. Dass so ein gewagtes Tier aus kühnen Träumen eine so starke Faszination ausübte, wunderte mich keineswegs, nein, das Irritierende war, fand ich, wie dieser Moment, der ja doch wie ein Blitz eingeschlagen sein musste, sich weiterentwickelte, über Generationen hinweg. Die nächsten Generationen sahen ja nicht mehr den

Moment des Ereignisses, sondern nur mehr die Erinnerung in Form der Gaststätten, ein Bild, das ich sympathisch fand. Ja, mehr noch, nur durch diese Stätten selbst konnte das mächtige Ereignis überhaupt weiterwirken. Die Herrscher, oder der Elefant selbst, sie interessierten mich nicht so sehr, wie ihre Träger und Bewahrer in den folgenden Jahrhunderten. Es waren meine, unsere, Gedächtnisstützen, die mir entscheidend für das Verständnis eines Ereignisses erschienen. Darüber dachte ich ganz nüchtern und logisch nach, weil es mir als das kraftvollere Bild als das der banalen Reisenden alleine erschien. Und als ich da so in den Schlaf spazierte, ergaben die Alpen ein noch viel bunteres Muster, wie in einem Webstück, das gar nicht so recht zu dem gesichtslosen Bild passen wollte, dass ich bis dahin von dieser Region gehabt hatte.

Freitag, 6. Juli

»Papa«, rief mich eine dumpfe Stimme von unten, und noch einmal eindringlicher, »Papa, schau, was wir gefunden haben!«

Ich schlug die Augen auf, erkannte die Stimme von Moritz. Ich setzte mich auf, verwirrt und beleidigt, erinnerte mich an den Moment, als ich auf dem Bett die Augen geschlossen hatte. Da war es wieder: unfähig, mit der eigentlichen Arbeit voranzukommen, hatte ich mich niedergelegt, von der Nachmittagssonne gewärmt musste ich eingeschlafen sein. Mit schlechtem Gewissen beeilte ich mich, zu antworten. Doch mein Sohn wollte davon nichts wissen. Wieder rief er mich hinunter, sodass ich müde und verantwortungslos eilig die Holzstufen hinunter polterte.

Sie hatten ein Vogelnest in der Hecke gefunden und noch bevor der erste Elternteil zu sehen war, wusste ich, dass es sich um die Bachstelzen handeln musste. Ich half beiden, sich vorsichtig nach oben zu hangeln und aus gebotenem Abstand ins Nest zu lugen. Und zu meiner Überraschung war ich nicht nur erfreut über ihrer beider Begeisterung, sondern auch über Annas Interesse und Anerkennung, sie wollte mir vielleicht auch nur einen Gefallen tun und ließ sich von mir hochheben, bis sie schließlich mit einem leisen Ausruf der Rührung die Küken entdeckte, woraufhin ich Moritz noch einmal soweit hinaufschieben musste, bis er sich an einem Ast der Hecke selbst emporziehen konnte, und mit einem kraftvollen Schwung in den Blättern verschwand.

»Ich kann sie auch sehen«, quietschte er, woraufhin wir ihn zu zweit und sofort zischend zum Leise-Sein ermahnten. Für einen Moment hatte ich eine Aufgabe zugesprochen bekommen und ich lächelte ihr zu und sie lächelte zurück.

Samstag, 7. Juli

Moritz war den ganzen folgenden Tag damit beschäftigt, das nervöse Treiben rund um das Bachstelzennest in der Hecke aus sicherer Entfernung zu beobachten und später dann auch mit Fotos zu dokumentieren.

Ich saß im Garten und beobachtete alle, ihn auf der einen Seite bei seiner konzentrierten Beschäftigung, von der ich ihm wünschte, dass sie nie vergehen mochte, und auf der anderen Seite die Elternvögel, die fortwährend Kleingetier ins Nest brachten. Da sah ich, dass sich meine romantische Verwirrtheit vor fünf Tagen durch allgemeingültige Erklärungsmuster auflösen ließ: Das auffällige Verhalten der Bachstelze war ganz einfach darin begründet gewesen, dass sie in den stressigen Ablauf der Elternschaft eingebunden war und keine Zeit zu verlieren hatte. Ich dachte an mich selbst und an Anna, während ich den Vögeln zusah, wie sie ihrer verordneten Gefühls- und Handlungswelt nachgingen und sich keine drängenden Fragen zu stellen hatten. Ich sah meinem Sohn zu, der in seiner Erforschung der Welt aufging und sich ebenfalls noch nicht von einer irritierenden Umwelt umschlossen sah. Ich hörte das Auto kommen, das am Wochenende meine Frau von einer weiteren wichtigen Besprechung an der Universität zurückbrachte, zu der sie schon am Abend davor aufgebrochen war.

»Als ich ihn beobachtet habe«, sagte ich dann auf der Terrasse zu ihr, sie hatte sich eine Zigarette genommen, was nichts anderes als eine bedeutende Geste war, ich konnte mich nicht erinnern, wann sie das letzte Mal eine geraucht hatte, »da dachte ich, es könnte unter Umständen genügen, genau das und danach nicht viel mehr gesehen zu haben. Was brauch ich mehr, als meinem Kind beim Werden zugesehen haben? Theoretisch und nicht ganz ernst gemeint, du weißt aber, was ich darunter verstehe, oder? Verstehen! Als ob ich das verstehen könnte! Was ich glaube, zu erahnen. Das meine ich: Vielleicht ist es mir genug, das Kind so weit gebracht zu haben.«

»Du hast eine simple Midlife-Crisis«, lachte sie und zündete sich die Zigarette an. Sie sah gut aus damit.

»Ich habe einfach den Beruf verfehlt, denke ich. Heute zumindest den ganzen Tag. Ich beobachte einfach nur, ich beurteile nicht einmal, selbst dazu bin ich nicht mehr in der Lage. Ich kann nur die Notizen nehmen und versuchen, mir einen Reim daraus zu machen.« Ich sah sie höflich ein Gähnen unterdrücken. »Und ja, es stimmt, was du über mich denkst: Ich kann gar nicht anders, als Mächte am Werk zu sehen, die ohne unser Zutun, ja ohne überhaupt von uns zu wissen oder Notiz zu nehmen, einen Plan ausführen, der so simpel ist, dass wir ihn nicht nachvollziehen können.«

»Sag ich ja.«

»Es bleibt mir nichts erspart«, stimmte ich ihr zu. »Aber ich rede nur davon. Es ist auch so, dass ich keine Lust darauf habe, den tausendsten Artikel zum siebenten Thema von links in einer Zeitschrift zu schreiben, die doch nur von den gleichen Leuten wie vor dreißig Jahren betrieben wird. Ganz abgesehen, dass nicht einmal diese paar Idioten meinen Text lesen werden.« Ich musste lachen und es fühlte sich befreiend an.

»Du hättest eben nicht bei den Geisteswissenschaften stehen bleiben dürfen«, sagte sie betont trocken. »Ich dagegen mache Politik für ein Projekt, das mich von der ersten Sekunde an nicht nur überfordert, das mich geradezu angewidert hat, weil es nicht meine Idee war, weil ich nicht mit verrückten Geldgebern und Politikern, was meistens dasselbe ist, an einem Tisch sitzen möchte und weil ich nichts mit karrieregeilen Studentinnen, die mich auf Facebook verfolgen, zu tun haben will. Weil ich nicht das machen kann, wofür ich einmal ausgebildet worden bin. Weil man mit einem Biologiestudium auch kein PR-Manager der Universität sein will.« Sie sah mich so ernst an, dass ich den Blick nicht abwenden konnte.

In dieser Nacht schliefen wir miteinander und wir lachten über die Geschichte von meinem Kollegen, um vieles jünger als wir, der allen erzählte, dass seine Frau und er nur mehr in getrennten Zimmern schliefen. Was für ein lächerlicher Lebensentwurf, lachte ich. Ich stellte mir vor, dass sie sagen würde, dann schon gleich und fix für immer getrennt, anstatt sich vor dem eigentlichen Problem zu drücken. Im Einschlafen, in diesen langen Minuten, in denen früher noch die Möglichkeit bestanden hatte, sich hervorzutun und Eindruck zu hinterlassen, in diesen wenigen Momenten, die es heute geworden sind, in denen sich einer erschöpft zurücklegt und nichts mehr fassen kann, in diesem falschen Moment drehte sie sich noch einmal zu mir um und fragte mich, woran ich derzeit arbeitete.

Ich war verdutzt und verärgert und tief getroffen darüber, dass sie nicht einmal wusste, worüber ich forschte. Es hatte nur einer kleinen Unachtsamkeit bedurft, um mir zu zeigen, dass wir einander nicht mehr zuhörten, sodass dieser Moment einer tiefen Erschütterung gleichkam. Oder aber, eine weitere Möglichkeit, dass ich ihr tatsächlich nie gesagt hatte, was ich den ganzen Tag trieb. Stocksteif vor Frustration antwortete ich ihr, dass ich über den Zug des Elefanten Soliman mit seinem späteren Kaiser Maximilian II. durch die Alpen forschte. Was natürlich ein völliger Blödsinn war, und ich wäre auch nicht in der Lage gewesen, zu erklären, warum ich ihr diese Lüge auftischte: Es war ja nicht einmal so, dass ich sie hätte ärgern wollen.

Wider Erwarten dämmerte ich dann weg und da merkte ich, wie sich plötzlich eine neue Umgebung in einem verheißungsvollen Sommer auftat. Anna schlief bereits tief, sie glaubte mir, hatte an keinem Wort dieser offensichtlichen Lüge gezweifelt, sich mit einem vagen Okay umgedreht und die Augen wieder geschlossen.

Sonntag, 8. Juli

Am siebten Tag unseres langen Sommers sprach mich Moritz am Frühstückstisch auf den Elefanten Soliman an. Anna musste vor mir aufgestanden sein und ihm davon erzählt haben. Meine Laune verschlechterte sich und sie wurde noch schlechter, als ich keinen Grund dafür erkennen konnte. Ich nickte, deutete auf den Berg jenseits der Terrasse, der, für mich zumindest, im Zentrum dieser fabelhaften Alpen lag, durch die sich der Elefant bewegt hatte. So anschaulich wie nur möglich schilderte ich ihm dann, wie und unter welchen Umständen diese Reise vonstattengegangen war. Je länger ich redete, desto mehr Interesse zeigte mein Sohn, allerdings gelang es mir nicht, mich selbst von dieser Geschichte zu überzeugen. Diese Geschichte hatte, soviel wusste ich bereits, schon jemand vor mir erzählt, und zwar der Schriftsteller José Saramago in seinem Roman *Die Reise des Elefanten*. Was interessierte mich der Elefant, wo ich kaum die Gedanken von den Gasthäusern lassen konnte, die die Erinnerung an das banale Ereignis doch sicher in irgendeiner Form enthalten mussten, oder etwa nicht?

Und während ich weiter im Wesentlichen die Worte der Wiener Fremdenführerin wiederholte, rollte ich eine imaginäre Reise auf, dachte ich über meine eigenen Worte hinweg darüber nach, was ich aus den einzelnen Bildern machen könnte, die ja doch viel mehr waren, Einzelpunkte, Gefühle in einer Landschaft, die in Wirklichkeit ein und dieselbe war, vor Jahrhunderten ebenso wie heute, und die noch in Jahrhunderten gleich aussehen würde. Aus diesen einzelnen Elementen formte sich etwas, das als Ganzes einem Teppich, einem Flickenteppich aus verschiedenen Textilien gleich schien.

☆

Am späten Nachmittag fuhren Moritz und ich ins Tal hinunter. Er freute sich über den kurzen Ausflug und erzählte mir von den Tränen seiner Mitschüler über schlechte Noten im Jahreszeugnis. Ich verstand kein Wort, wusste nur, dass er davon nicht betroffen war. Ohne auf seine Worte zu achten, war ich stolz auf ihn.

Täglich drehte ich mich im Kreis. Diese absolute Unmöglichkeit der eigenen Gegenwart zu widersprechen, erwürgte mich beinahe, ich fühlte mich als wäre ich ein bewegungsloser Kiesel in einem reißenden Bach, der nur hier und da von der Strömung bis hin zum nächsten Hindernis eine kurze Strecke mitgespült wurde. Und ja, es stimmte, was Anna gesagt hatte, ich saß in einer Falle, so fühlte ich, und das Schlimme daran war, dass ich als einzige Lösung für mein Dilemma sah, stehen und sitzen zu bleiben und tunlichst den Moment erhalten zu wollen (einzig und allein wohl um eine üblere Zukunft möglichst lange in Schach zu halten, aber da war ich mir nicht sicher). Rechtzeitig vor der kurvigen Strecke durch den Wald bremste ich den Clio heftig ab. Ich schlug mit dem Handballen auf das Lenkrad und Moritz verstummte.

»Entschuldigung«, sagte ich.

»Ist schon okay«, sagte er nach einer Pause, als sei nichts gewesen.

»Moritz«, unterbrach ich ihn vorsorglich, »bitte sei kurz still. Ich muss mich konzentrieren. Wir müssen einkaufen, Anna fährt morgen in der Früh nach Hause, sie muss arbeiten und dann haben wir kein Auto, zumindest für zwei oder drei Tage.«

Er verstand mich. Und ich brauchte ihn nicht anzusehen, um zu wissen, dass er gekränkt war. Zu Recht, dachte ich dann. Ich gab wieder Gas, zwischen den Bäumen war es bereits dämmrig, wir mussten uns tatsächlich beeilen.

Im Tal schloss ich den Kofferraumdeckel über den Einkäufen für die kommende Woche, die Augen auf den Berg gerichtet, im Tal hinter dem ersten Anstieg lag unser Haus. Der Berg, unser Berg, stach mit seiner Spitze einmal noch ins Abendrot. Ich dachte an Reisen im Flugzeug, bei denen du, bei guten Sichtverhältnissen, nicht ein bisschen Diesigkeit durfte vorhanden sein, im Sonnenlicht sitzen und dabei die Lichtkegel der Autoscheinwerfer am Boden in der Nacht verfolgen konntest. Ich sah in den Abendhimmel. Am Beifahrersitz schloss mein großer Sohn den Sicherheitsgurt, als wäre er immer schon vorne gesessen, während ich den Kofferraum mit den Säcken befüllte. In diesem Halbschritt zwischen Tag und Dämmerung ging der Nachbar, der mir von den Wanderungen den Berg hinauf mit den Kindern erzählt hatte, durch den Rahmen der Heckscheibe. Ich schloss den Kofferraumdeckel und rief nach ihm. Ein schwerer Fehler. Er sah auf, versuchte mich zu übersehen, als er mich erkannte. Aber etwas hielt ihn zurück und ich war überrascht, dass er dann umso schneller auf uns zukam.

Später versuchte ich, ihn zu beruhigen. Seine Frau war nach langem Herzleiden vor kurzem gestorben, ich hatte von all dem nichts gewusst. Seltsamerweise war das Einzige, das ihn aufregte, dass er allen Leuten von ihrer Großartigkeit erzählt hatte, nicht zuletzt davon, wie sie mit ihrer Krankheit bis zum Schluss umgegangen war, er ihr gegenüber aber unfähig gewesen war, genau diese Bewunderung zuzugeben. Missmutig war er neben ihr gestanden, ohne sie zu trösten. Er ließ sich nicht beruhigen, ganz im Gegenteil, er wurde immer lauter.

»Wie geht's den Kindern?«, unterbrach ich ihn, um ihn abzulenken. Schon fürchtete ich, ihn überschrien zu haben.

»Ach, die Kinder«, sagte er etwas ruhiger, »gut geht's ihnen natürlich. Den Erwachsenen geht's immer gut. Nur die Alten leiden unsinnig.«

Na ja, wollte ich sagen, schau mich an, aber für ihn war ich auch nur ein Erwachsener und er wollte recht behalten, das war klar. In diesen vielleicht fünfzehn Jahren, die wir uns nun, anfänglich nur vom Sehen, kannten, war er ein alter Mann geworden. Er holte schwer Luft und ich erinnerte mich an die vielen Zigaretten, die er immer geraucht hatte, bot ihm eine an, aber er lehnte ab, zeigte auf die Flasche, die wie eine Handtasche an seiner Schulter hing. Ich sah die durchsichtigen Schläuche, die zu seiner Nase führten, wie hatte ich diese übersehen können?

»Der Arzt hat's verboten.«

Ich zündete mir eine an, schien ihn nicht zu stören, was ich wiederum als schlechtes Zeichen für seinen Gesundheitszustand nahm.

Die Fahrt nach Hause dauerte nicht einmal eine Viertelstunde und ich erkannte, dass ich selbst kein Sohn mehr war, ich hatte in den letzten Wochen kein einziges Mal an meinen Vater oder meine Mutter gedacht (ebenso wie ich scheinbar vergessen hatte, dass ich einen Bruder hatte), geschweige denn sie angerufen. Ich selbst war nur noch ein Vater. Ich erkannte allerdings auch, dass es mir genauso wie unserem Nachbarn ergehen würde und irgendwann einmal meinem Sohn ebenso wie mir. Wir würden unsere Konflikte erfolgreich untereinander austragen und dadurch aber immer wieder weitergeben. War das ein Sichfügen, ein Sich-aufgegeben-Haben oder normal (weil ganz grundsätzlich kein Ausweg daraus vorgesehen war)?

Moritz saß stumm neben mir, ich wusste, dass er jedes Wort gehört hatte. Ich wusste, dass er mit dem Tod ausreichend, wenn auch nur theoretisch, konfrontiert war. Er hatte die Nachbarn, die Frau zumindest, ebenfalls kaum gekannt. Nicht einmal ich konnte behaupten, sie gekannt zu haben.

Als wir beim Haus ankamen, wartete Anna schon ungeduldig auf uns und ich glaubte, dass sie sich freute. Sie umarmte unseren Sohn, während ich das

Auto ausräumte. Die drei, vier Mal, die ich an ihr vorbeiging, fühlte ich, hätte ich die Säcke hinstellen und sie ebenfalls umarmen sollen, aber jedes Mal ging ich an ihr vorbei. Das war, fühlte ich, genau dieser eine Schritt weiter über die Schwelle, wo zwei sich schon sehr gut kennen. Dass ich seit unserer Ankunft tatsächlich kein einziges Wort zu ihr gesagt hatte, erkannte ich erst dann, als sie und Moritz vor dem Fernseher saßen. Gut, dachte ich, im Unterschied zu unserem Nachbarn habe ich sie aber auch nie in der Öffentlichkeit gelobt oder über ihre Großartigkeit oder worüber immer auch berichtet. Aber irgendwie blieb selbst dieser gedachte Witz stecken und ich hatte ein schlechtes Gefühl, als ich den Kühlschrank einräumte.

Dienstag, 10. Juli

Zwischen den Fichten läutete das Telefon in der Mittagshitze im Rucksack. Moritz und ich keuchten, weil er versucht hatte, vor mir davon zu laufen. Lachend befreite er sich und ich hob ab.

»Wie geht's euch?«, fragte sie mit der schuldbewussten Zwischen-zwei-Terminen-gefangen-Stimme, »wo seid ihr unterwegs?«

»Wir gehen den Bücherweg entlang.«

Nach einer Pause sagte sie gezwungen fröhlich: »Dann braucht ihr nur lange genug gehen und irgendwann seid ihr bei mir angekommen.«

Ich lachte: »Wenn du dann Zeit haben wirst.« Aber ich bereute den Satz, weil er nicht angebracht war und auch nicht wirklich stimmte. »Entschuldige«, sagte ich, »du weißt schon.« Ich freute mich dennoch, dass sie sich etwas gemerkt hatte, das mich interessierte, auch wenn sie die Routen verwechselt hatte. Es ist doch bezeichnend, dachte ich, dass dieser Bücherweg gerade Wien nie erreicht hat. War auch gar nicht nötig, gerade im 16. Jahrhundert war Wien in manchen Jahren mehrheitlich protestantisch gewesen. Glaubt man kaum, wenn man die Stadt heute kennt. Was für ein seltsamer Zufall, dachte ich, der spanische Elefant hatte sicher auch seinen Teil am Katholizismus in die Stadt tragen sollen. Aber alles das sagte ich Anna nicht, auch um das möglicherweise noch so leiseste Knistern eines Moments nicht zu zerstören.

»Wenn wir zu dir wollen, müssen wir den Weg des Elefanten nehmen«, sagte ich stattdessen und da lachte sie nun und wir gefielen uns, weil wir uns gut verstanden und weil der Vergleich des Zueinanderfindens auf dem Weg des Elefanten etwas von einer Ochsentour hatte. Aber gleich darauf musste sie wieder arbeiten, eine Arbeit, von der niemand wusste, ob sie wirklich notwendig war, sie selbst am allerwenigsten. Aber ich wollte nicht von mir auf sie schließen. Wir legten auf und Moritz und ich gingen weiter den Fuß des Berges, den Bücherweg entlang.

»Wenn wir den Weg des Elefanten nachgehen, kommen wir dann in Wien bei ihr an?«, fragte Moritz interessiert, und in diesem Moment war die Idee für unsere Reise geboren.

»Klar«, sagte ich, »wenn wir diesen Weg nachgehen, dann werden wir bei ihr ankommen.«

☆

»Wir würden bei Salzburg auf die Route des Elefanten stoßen und dann in der Gegenrichtung zur eigentlichen Geschichte bis nach Genua marschieren«, erklärte ich ihr einige Stunden später in ihrer nächsten Pause, »eine Reise zurück in der Zeit«.

»Zu Fuß nach Genua? Warum nicht gleich bis nach Barcelona oder Madrid oder woher auch immer diese Verrückten gekommen sind!« Jetzt lachte sie nicht mehr.

Ich verkniff mir zu sagen, dass ich ebenfalls schon daran gedacht hatte, bis nach Madrid zu reisen. Aber ich wollte die Dinge nicht übertreiben: »Bis nach Genua, wir sind quasi am Beginn der Sommerferien, wir haben erstens Zeit und zweitens gehen wir ja nicht die ganze Strecke zu Fuß. Wir würden, und Moritz ist begeistert davon, in diesen Gasthäusern, die nach dem Elefanten benannt sind, übernachten. So hanteln wir uns nach Süden durch. Ich habe das Gefühl, dass aus dieser Reise eine ganz einzigartige Sache werden kann.«

»Ja, aber warum? Was soll eine Reise in die Vergangenheit bringen?«

»So meine ich das nicht. Schon eher so in der Art, die Gegenwart in der Vergangenheit festzumachen. Wie verändert sich meine Gegenwart im Angesicht einer derart greifbaren Vergangenheit.« Weiter wusste ich nicht.

»Na, ich weiß nicht!«, sagte sie bitter. »Das einzige Entscheidende, was du ganz richtig angenommen hast, ohne es auch nur einmal ausgesprochen zu haben: Ich werde nicht mitkommen. Ich kann unmöglich für zwei oder drei Wochen einfach so wegbleiben.«

Mir war von vornherein klar gewesen, dass sie sich unter Umständen gar nicht besonders dagegen wehren würde, dass ich mich mit Moritz auf und davon machen wollte. Wir vertrauten einander, vielleicht nicht blind, aber doch bedingungslos. Womit ich aber nicht gerechnet hatte, war die kühle Möglichkeitsform in ihrer Stimme. Vielleicht, dachte ich da, muss ich hier gar nichts mehr sagen, vielleicht muss sich das alles erst setzen, bis sie die Vorteile einer solchen Reise von sich aus sieht.

»Schau«, sagte sie mir zuvorkommend, »es wäre ja doch auch eine Reise von dir mit deinem Sohn, oder?« Ich nickte in den Hörer, fragte mich, ob sie mich durchschaute, und war dabei doch hauptsächlich dankbar für ihr Entgegenkommen. »Wenn das so ist, von mir aus, ein Vater soll mit seinem Kind eine solche Fahrt machen können, wer könnte da etwas dagegen haben? Ich verstehe nur nicht, warum das jetzt so dringend geschehen muss, du hättest das besser planen sollen, finde ich. Und ich kann's mir ehrlich gesagt auch gar nicht vorstellen. Ich bleibe doch diese Zeit dann gleich in der Stadt. Ich werde ja nicht im Haus sitzen und auf euch Männer warten, bis ihr von eurer Abenteuerreise zurückkommt!«

»Ich wollte dich nicht von Anfang an ausschließen, ich weiß nur, und das haben wir auch besprochen, dass du in diesem Sommer besonders viel zu erledigen hast. Ich dagegen weiß, dass ich in den nächsten zwei Monaten keine einzige Sekunde in meinem Büro abgehen werde.«

Wir vereinbarten weiterzureden, wenn sie wieder zurück wäre. Ich stellte sie mir schluchzend vor, als ich in ihr Besetztzeichen hinein ebenfalls auflegte, aber davon war nichts zu bemerken gewesen und ich schämte mich für meine Gedanken.

Tatsächlich nahm die Angelegenheit einen neuen Lauf, als Moritz an diesem Abend klarstellte, dass er ein eigenes Zelt wollte.

»Zelt?«, fragte ich verdutzt.

»Na aber sicher!«

»Ihr werdet doch nicht ernsthaft in Zelten da hinunter trampen«, sagte sie dann später im Bett.

»Überhaupt nicht«, antwortete ich wahrheitsgemäß, »nur hier und da, damit das quasi auch einmal gemacht ist. Es ist ja das letzte Mal, auf eine gewisse Art, dass das stattfinden wird können.«

»Das letzte Mal, so ein Blödsinn!« Und nach einer verärgerten Pause: »Weiß gar nicht, wie du auf so etwas kommst.«

»Du weißt schon, wie ich es gemeint habe. Du hast es selbst erst vor ein paar Tagen bestätigt! In fünf Jahren werden wir ihn bitten müssen, dass er überhaupt mit hierherkommt. Wir tingeln die ungefähre Strecke des Elefanten mit Bus und Bahn ab und wenn wir dazwischen ein paar Mal im Zelt übernachten, dann ist das auch kein Weltuntergang.«

»Dann verstehe ich aber noch immer nicht, wieso Moritz in einem eigenen Zelt schlafen will!«

»Das wollen verstehe ich sehr gut, aber es wird nicht stattfinden. Wir übernachten in den Gasthäusern, die unseren Weg kreuzen, und es wird kein eigenes Zelt geben«, versuchte ich sie zu beruhigen.

Trotzdem beschloss ich in diesem Moment, würde ich am nächsten Tag schon genau ein solches besorgen, wenn er das wirklich so wollte. Trotz meines Wunsches, die letzten Momente der Kindheit meines Sohnes mit ihm selbst zu verbringen, wollte ich ihm dennoch nicht im Weg stehen, wenn er dabei war, sich selbständig zu machen.

Sonntag, 15. Juli

Wollte ich also damals, vor wenigen Tagen nur in Wirklichkeit, die Zeit anhalten? Will ich jetzt die Zeit um meinen Sohn herum für uns beide anhalten? Vielleicht um uns besser kennenzulernen, dachte ich. Und dann, dass wenn man mit einem Menschen neun Jahre lang zusammenlebt und noch glaubt, ihn besser kennenlernen zu müssen, man etwas grundlegend falsch gemacht hat.

»Ich habe beschlossen, dieses Reisetagebuch zu führen, einen Blog vielmehr, den Sie jetzt in Händen halten oder digital am Bildschirm lesen und dessen erste Einträge ich bis zum heutigen Tag nachträglich zusammenschreiben musste (alles, was bis jetzt hier zu lesen gewesen ist).« Bereits in diesem ersten Teil merkte ich, dass sich der Text fast ausschließlich an mich selbst richtete, mir selbst Fragen stellte, und dabei bis jetzt keine einzige beantwortet hat. Seltsame Momentaufnahmen: kein Wort verloren über den eigentlich recht fröhlichen Abschied von Anna, die wie ausgewechselt wirkte oder aber sich gut unter Kontrolle hatte. Kein Wort über die ernste Begeisterung des Sohns, sein Losgehen, bei dem er auf einmal älter wirkte als er tatsächlich war. Ich werde das nachholen.

Der Auftrag zum täglichen Bericht war mir notwendig und sinnvoll erschienen. Ich hatte mir bei einem Bloganbieter dieses Blogging-Tool besorgt, das Erstellen der Website hatte mich keinen halben Tag gekostet. Das

Design sah, freundlich gesagt, vorgefertigt und beschissen aus, aber das war mir egal. Zusätzlich hatte ich mir eine Facebookseite mit dem gleichen Namen genommen, hauptsächlich um dort Fotos platzieren zu können, die den Blog überlastet hätten, dort in Wirklichkeit auch keinen Sinn ergaben. Die Einträge mochten hauptsächlich für mich selbst bestimmt sein, die Fotos aber waren für Anna gedacht, und, ein Moment der Schwäche, für meine Eltern und meinen Bruder.

Zwei Tage vor unserer Abreise hatte ich meine Eltern angerufen und ihnen von unserem Vorhaben erzählt. Die Reaktion darauf war bei meiner Mutter erwartungsgemäß kühl und erstaunt zugleich ausgefallen. Bei meinem Vater allerdings wunderte ich mich nachträglich darüber, wie es kommen konnte, dass er, der in seiner Jugend, wie es damals gerade wichtig geworden war, jeden Sommer wie ein Getriebener angefangen vom Angeln in Skandinavien bis in die Türkei, wo er wohl alles außer Angeln machte, gereist war, nur um dann später mit seinen beiden Söhnen keine Urlaube mehr machen zu wollen (mit Ausnahme eines Italientrips als etwas ganz Besonderes, bei dem er aber auch nie so wirklich anwesend gewesen war, oder aber wir Kinder selbst schon keine Lust mitzumachen mehr gehabt hatten). Und dann wollte er sich auch nicht einmal über das Abenteuer seines Enkelkindes freuen? Nach dem unbefriedigenden Gespräch war ich froh gewesen, dass er nicht auf diese Jugendfahrten zu sprechen kam, die ihm mit jedem Jahr, das er älter wurde, in seiner Erinnerung scheinbar näherrückten. Ich hatte ihm folgerichtig nichts vom Blog verraten, sondern nur auf Facebook verwiesen.

Dann hatte ich meinen Bruder ebenfalls über Facebook kontaktiert. Er hatte prompt reagiert und versprochen, unsere Reise genau zu verfolgen. Das mochte gelogen sein, aber es war eine richtigere Reaktion als die meiner Eltern, sollte er ihnen doch zeigen, was bei uns geschah, wenn sie dazu nicht in der Lage waren. Da bemerkte ich, dass ich ohne die geringste Absicht Anna ebenfalls noch nichts vom Blog erzählt hatte, und ich beschloss, dass das vielleicht auch gut so war. Kamen die Hintergedanken also hinterrücks doch noch ins Spiel, lachte ich.

Zu guter Letzt war mir das alles mager, zu wenig breit gestreut vorgekommen und ich hatte am letzten Abend meines normalen Lebens kurzerhand eine E-Mail an meine Arbeitskollegen verfasst, in dem ich sie ebenso über meine Reise unterrichtete, den wirklichen Grund für dieses Vorhaben dabei mehr oder weniger ausgesparte, und angab, mich auf ein Wiedersehen im Herbst-Winter-Semester zu freuen (was nicht ganz wahr, aber auch nicht wirklich falsch war, mein Verhältnis zu ihnen also recht gut widerspiegelte). Ihnen gab ich nun auch den Link zu diesem Blog, denn ich ahnte, dass sie mehr Verständnis für mich würden aufbringen können. Insgeheim erhoffte ich mir jedoch eine größere Breitenwirkung durch meine Kollegen, von denen ich annahm, dass sie meine Inhalte eher teilen würden als meine Familie.

Vielleicht habe ich vorvorgestern in Wirklichkeit auch einfach nur vermutet, dass sich etwas ergeben würde, eine Gemeinsamkeit aller Gasthäuser zum Elefanten von mir aus, ein Geheimnis sogar, die Erkenntnis, dass gerade diese Gasthäuser besonders lang ihren Namen behielten oder überhaupt wirtschafteten. Vielleicht war es so gewesen. Im Moment unserer Abreise wusste ich nicht mehr, was ich eigentlich erwartet oder erhofft hatte: etwas, das tatsächlich wert wäre, darüber zu berichten, ich wollte mich überraschen lassen, und was auch immer bleiben würde, war, dass unsere Nächsten uns bei unserer Reise zusehen konnten, was mir im Falle meines Bruders sehr recht war. Ich würde, so hatte ich es mir vorgestellt, den Bericht von Anfang an auf zwei Schienen aufbereiten: Facebook als die plumpe Fotodokumentation und den Blog als Erinnerungsstütze und Anstoß darüber zu reflektieren, was sich aus dieser Reise ergeben konnte. Ich wollte den Moment, die Abenteuerlichkeit des Moments festgehalten wissen, füge ich jetzt nach einigem Nachdenken hinzu, weil doch auch die Gefahr bestand, dass ich mich selbst bei der Reise in den Mittelpunkt stellte, und das wollte ich eigentlich nicht.

Wir waren früh aufgebrochen, um mit dem ersten Bus und ab Bischofshofen mit dem Zug in die Nähe des nächstgelegenen Elefantengasthofes zu gelangen. Ich trug einen Trekkingrucksack von Deuter mit sechzig Liter Fassungsvermögen, den ich mir vor zwei Tagen in einem Sportfachgeschäft gekauft hatte, Moritz einen Wanderrucksack mit möglichst wenig Inhalt, im Wesentlichen Regenjacken und Plastikplanen für das Zelt. Der Rest unserer Ausrüstung befand sich auf meinem

Rücken, in Wirklichkeit nicht besonders viel, denn ich hatte vor, so viele Nächte wie möglich unter einem festen Dach zu verbringen. Tatsächlich hatte ich es nicht geschafft, Moritz ein eigenes Zelt zu besorgen, wobei ich mir allerdings sicher war, dass sich das in jedem größeren Alpenstädtchen würde nachholen lassen.

Viel war es nicht, das wir mit hatten: Wechselgewand für jeweils ein paar Tage und ein kleines Netbook, auf dem ich am Abend am täglichen Bericht arbeiten wollte, Moritz' Nintendo-Switch-Konsole und mein Smartphone, auf das ich nicht verzichten wollte: So viel Unabhängigkeit in einer sich ständig ändernden Welt wäre selbst mir zu gefährlich.

Noch bevor die Sonne hinter dem Berg aufgegangen war, waren wir schon auf dem Weg ins Tal gewesen. Ich hatte Anna geküsst, sie uns kopfschüttelnd und lachend umarmt, sie schien es noch immer nicht glauben zu können, dass wir für zwei Wochen, vielleicht auch länger, von ihr getrennt sein würden. Wir waren die Straße entlang bis zur ersten Abkürzung den Wald hinunter marschiert, Moritz voran, wortlos im Angesicht des großen Abenteuers, und eine Stunde und eine halbe später waren wir am Bahnhof von Tamsweg angekommen. Hier begann unsere Reise nun wirklich. Mit der Karte, auf einer Wartebank ausgebreitet, gingen wir den Weg zum ersten Mal in Wirklichkeit durch.

Die Sonne machte den Morgen zu einem hochsommerlichen Vormittag, vernünftig, der Hitze rechtzeitig ausgewichen zu sein, und bereits da schon fragte ich mich, ob es Glück oder Erfahrung war, dass die Reise so begonnen hatte. Ich zweifelte an mir. Wenn ich ganz ehrlich sein sollte, war ich bis dahin ein vernünftiger Nutzer des Autos gewesen und öffentliche Verkehrsmittel brachten mich vielleicht zwei Mal im Jahr zum Wiener Flughafen, wenn ich für eine Konferenz ins tendenziell eher nahegelegene Ausland zu verreisen hatte. Tatsächlich, dachte ich da, war ich seit meiner Kindheit auf keiner ernsthaften Wanderung, geschweige denn jemals auf einer richtigen Bergtour gewesen. Anna hatte recht gehabt, alles war überstürzt passiert, aber, so dachte ich, das musste kein Nachteil sein.

»Das ist unsere Reiseroute?«, Moritz klang verwundert, aber auch seltsam betroffen.

Ich hatte am Nachmittag vor unserer Abreise in einem Handyladen in Tamsweg noch provisorisch acht Seiten mit Screenshots von Google-Maps ausgedruckt und aneinander gestückelt. Mit dem ausgestreckten Zeigefinger verfolgte Moritz den dicken roten Filzstift und den Weg von Braunau in Österreich nach Deutschland hinauf nach Mühldorf am Inn, weiter nach Wasserburg, nur wenige Kilometer südwestlich davon gelegen, aber immer noch weit von der österreichischen Staatsgrenze entfernt.

»Das werden wir abgehen?«, fragte er, »Du machst Witze, Papa.«

Ich zuckte mit den Schultern. »Das ist die alte Route, die der Elefant damals genommen hat«, Moritz atmete erleichtert auf, »wir suchen uns die Gasthäuser am Weg und erforschen sie, und die Umgebung, aber ich denke auch, dass wir uns einfach irgendwo in diese Route einklinken und nach Süden abbiegen.«

»Schau«, erklärte ich nach einer weiteren Pause, »wir brauchen eine möglichst detaillierte Karte, damit wir uns von Ort zu Ort durchhanteln können. Einen solchen Maßstab kriegst du aber für diese Strecke unmöglich auf eine einzige Karte. Deshalb das Stückwerk. Hier sind wir gerade«, ich deutet auf einen Punkt, der ein ordentliches Stück östlich der roten Linie lag, »und im Prinzip ist der Weg klar vorgezeichnet. Wir fahren nach Salzburg und weiter, bis wir auf die Elefantenroute kommen.«

Ich konnte klar erkennen, dass Moritz erstens froh war, dass der Ausflug nach Deutschland nicht unbedingt notwendig oder vorgesehen war, die Rede war schließlich davon gewesen, dass wir durch die Berge wandern würden. Ebenso klar war allerdings, und das war das zweitens, dass uns in Italien ein bedeutend längerer Weg bevorstand, als wir uns das vorgestellt hatten. Ich sah von ihm zur Karte und wieder zurück: Der Weg war ganz offensichtlich lang und beschwerlich. Aber nicht wegen Moritz, wie ich einen Moment davor noch geglaubt hatte, sondern wegen mir selbst.

»Ich denke«, sagte er, »in Italien werden wir das meiste mit dem Zug erledigen. Kein Mensch kann das zu Fuß abgehen!«

Seine Stimme klang ernst, ernster als ich es jemals an ihm wahrgenommen hatte, nicht tief, vielmehr auf einmal erfahren geworden. Ein Schweißtropfen fiel auf die Karte, ich fuhr mir mit dem Handrücken über die Stirn.

Zum Glück habe ich das Kind dabei, dachte ich, er wird mir eine große Hilfe sein. Denn er hatte recht, der Plan war unausgegoren, ich hatte über das Internet einige wenige Gasthäuser, Hotels und Herbergen gefunden, die etwas mit dem Elefanten Soliman zu tun hatten, die restlichen mir quasi am Wegesrand zu finden vorgestellt. Es stand außer Zweifel, dass es unmöglich war, die gesamte Strecke zu Fuß abzugehen, ich hatte nicht einmal die Vorstellung einer Ahnung, wie lang eine solche Reise dauern könnte. Aber das war ja auch nie geplant gewesen, oder?

War das Nachdenken während dieser ersten Schritte noch möglich, ja sogar erfrischend einfach gewesen, so langsam und träge kamen mir meine wartenden Gedanken im Schatten des Sommers nun vor. Ich nahm einen Schluck aus der Wasserflasche und rauchte eine Camel.

Nach den Regentagen würde es jetzt lange schön bleiben, ich hörte Moritz, der sich auf der Wetter-App schlau machte, nur halb zu. Ein Glück, das konnte ich bestätigen, während ich ein Paar beobachtete, das in diesem Moment auf den Vorplatz des Bahnhofs trat. Beide waren etwas jünger als ich, vielleicht fünfunddreißig Jahre alt, und in ihren engen und kurzen Gewändern, mehr fürs Klettern als das simple Wandern gerüstet, wussten sie das auch herzuzeigen. Ich fühlte mich unwohl, und ein wenig beneidete ich den Mann. Ebenso wie ich trug er einen getrimmten Vollbart, ihm gingen die Haare über der Stirn aber bereits aus, was mich etwas mit der Tatsache versöhnte, dass beide bedrückend sportlich und dünn nach Erfolg aussahen.

»Der Bus kommt«, sagte Moritz und ich schlug ihm freundschaftlich auf den Oberarm, wie wir es früher immer gemacht hatten. Jetzt ging die Reise los. Ich freute mich für uns und für mich, dass alles genau im richtigen Moment geschah.

Im praktisch leeren Bus saßen zwei Familien mit Kleinkindern, die von den anderen Fahrgästen schon in der ersten Minute gehasst wurden, was diese nicht daran hinderte, weiterhin ihre Kinder nicht unter Kontrolle zu haben. Mit eigenen, älteren Kindern ist es unmöglich, Kleinkinder von anderen auch nur irgendwie erträglich zu finden. Auch Moritz sah mit genervtem Blick nach hinten. Ich war froh, dass vor uns das junge Paar vom Bahnhof saß. Beide waren sie still und über ihre Smartphones gebeugt. Aus ihrer Konzentration las ich, dass sie von einem längeren Aufenthalt in den Bergen zurückgekommen waren. Wenn man ganz genau hinsah, konnte man die salzigen Streifen des getrockneten Schweißes auf seiner Kleidung erkennen. Tatsächlich, merkte ich, roch es auch so, auch ich schwitzte in diesem älteren Bus ohne Klimaanlage. In wenigen Tagen würde es mir wohl genauso wie ihm ergehen, mitten in unendlichen Strapazen, die gemeistert werden wollten. Sie sahen beinahe vergnügt aus. Schon jetzt freute ich mich auf den Moment, in dem ich eine kurze erste Ruhe finden würde. Ich legte den rechten Arm um Moritz, wollte ihn beruhigen, aber ich war es, der beruhigt werden musste. Es ging eine freundliche Kühle von ihm aus, als er vom Bildschirm seiner Konsole zu mir aufsah.

»An die Reisenden nach Bischofshofen«, sagte die Busfahrerin über die Lautsprecher zu uns, »die Anschlusszüge in Bischofshofen nach Deutschland über Salzburg Hauptbahnhof weisen große Verspätungen auf und entfallen teilweise. Ausweichrouten liegen bei der Information im Bahnhofsgebäude auf!«

»Was heißt das für uns?«, fragte Moritz.

Ich hatte keine Ahnung, was das für uns bedeutete, aber ich nahm diese Veränderung unserer derzeitigen Lage vorerst als Teil eines größeren Zusammenhangs hin. Forderte uns beide also auf, uns keine Sorgen zu machen.

»Ja, aber heißt das, dass wir festsitzen? Jetzt schon?«

»Das werden wir sehen, wenn wir dort sind«, sagte ich bestimmter, als ich es tatsächlich meinte. Ich sah wieder zu dem Paar in unserer Nähe, das die Köpfe noch immer lauschend erhoben hielt. Jetzt sah der Mann nicht mehr so vergnügt drein.

Ich hörte sie etwas von Wien sagen und war überrascht, denn ich hatte sie fest in dieser Region verankert gesehen. Aber dann hätten sie natürlich ein Auto gehabt und wären nicht auf Busse, Züge und Verspätungen angewiesen gewesen.

Die Situation in Bischofshofen war gelinde gesagt ein Desaster. Der großspurig angekündigte Informationsschalter war immerhin vorhanden, aber man war nicht in der Lage, uns zu sagen, welche Züge uns nach Salzburg bringen konnten. Der Mann zuckte, hilflos war das richtige Wort, mit den Schultern. Ein weiteres

Mal entschuldigte er sich dafür, dass er uns nicht einmal den Grund für die ausgefallenen Züge nennen konnte.

Ich merkte, dass seine Hilfsbereitschaft schwand. Sich auf eine Diskussion mit ihm einzulassen, würde nur seine und meine Aggressivität erhöhen. Nun ließ auch ich die Schultern hängen. Hinter uns zog das junge Paar verärgerte Gesichter auf, der Mann schwitzte bereits wieder deutlich. Die Frau war hübsch mit dem Stirnband, das die kurzen braunen Haare wie den Schweiß gleichermaßen aus dem Gesicht hielt. Moritz und ich verließen die Bahnhofshalle. Schneller als es nötig gewesen wäre. Nicht nur war eine weitere Diskussion sinnlos, wahllos auf einen passenden Zug zu warten, war es ebenso, aber ich wollte meinem Ärger auf eine andere Art Luft machen. Die Hitze war bereits unerträglich. Ein Wunder, so schlecht das Wetter vor zwei Tagen unserer Reise noch gedroht hatte, jetzt flimmerte die Luft über dem betonierten Bahnsteig.

Ich versuchte, Moritz zu beruhigen, aber so wie im Bus zuvor schon hätte ich mich, wahrscheinlich ebenso ergebnislos, selbst beruhigen sollen: Ich bedauerte uns, dass unsere Reise in den ersten Stunden schon stecken zu bleiben drohte. Moritz schlug vor, ein Hotelzimmer in Bischofshofen zu suchen, als zu meinem vollständigen Unglück in diesem Moment das Telefon läutete und Anna, verständlicherweise, wenn auch etwas früh, wissen wollte, wie unsere Reise vonstattenging. Als gleich darauf ein Zug langsam in den Bahnhof einfuhr, stoppte ich meine Beruhigungssuaden, versprach ihr, mich noch einmal aus dem Zug zu melden und legte auf. Sie hatte mir jedes Wort geglaubt.

Moritz hatte seinen Rucksack die ganze Zeit umgeschnallt gehabt, ich schulterte meinen schwungvoll und wir liefen dem roten Railjet nach, der, ohne dass sich eine der Türen geöffnet hätte, am Ende unseres Bahnsteigs hielt. In den wenigen Sekunden, bis wir sein Ende erreicht hatten, spürte und sah ich diese unendliche Sommerhitze, die mir früher, in den Tagen meiner Kindheit in Wien nie aufgefallen wäre, zumindest konnte ich mich nicht daran erinnern. Wien, oder die Kindheit, beide waren kalte Orte in meiner Erinnerung, dort hatte ich mich selbst nie zugehörig gefühlt. Ich fühlte mich in diesem Moment wie adoptiert und an einem falschen Ort aufgewachsen und erzogen. So fühlte es sich an: wie nach einer langen Autofahrt in den Italienurlaub, auf denen die Eltern ebenso wie der Bruder nicht gestört werden durften, nach Streit, der nicht in meinem Einflussbereich lag. Aber das waren nur die Nebengeräusche, damals wie heute, erkannte ich, die mich nicht stören konnten. Tatsächlich fühlte ich tief und ganz zart greifbar nur eine große Freude über das Hineingehen in etwas, das mir sehr bekannt war, etwas, das mir näher war als Familie, Freunde oder ähnliche beliebige Konstrukte. Ich hörte leise, im Laufen geübte, Schritte hinter uns: das junge Paar aus dem Bus, beide fest entschlossen, den gleichen Zug zu erreichen.

Meine Hand in seinem Nacken, so schob ich Moritz an, trotz des geringen Gewichts stolperte er beinahe unter seinem Rucksack, und ich, voller Konzentration darauf bedacht, den grünen Knopf zum Öffnen der Türe zu erreichen, nahm am äußersten Rande meines Bewusstseins die Stimme des Stationssprechers wahr, erkannte den Mann, der uns vor wenigen Minuten keine befriedigende Auskunft hatte geben können und uns nun davor warnte, den Zug zu betreten.

Dieser war eines der neuesten Railjet-Modelle, kurz im Vergleich zu einem Intercity, aber eben auch nur für den innerösterreichischen Schienenverkehr gedacht. Der junge Mann hievte sich keuchend als letzter hinter seiner Frau hoch.

Die Kühle empfing uns freundlich, zischend schloss sich die Tür, während sich der Zug genau in dem Moment in Bewegung setzte, als wir nach dem ersten, tiefen Verschnaufen den Kopf zur Orientierung hoben.

Gemeinsame Abenteuer binden Männer unweigerlich aneinander, während Frauen sich selbst dabei zusehen, wie sie ihre Genervtheit über die Abenteuer der Männer bestmöglich ablegen. Der Mann und ich sahen uns zuerst an.

Geschafft, meinten unsere Blicke. Ihre dagegen zeigten verärgerte Erschöpfung, wahrscheinlich hätte sie lieber in Bischofshofen auf einen anderen Zug gewartet. Ich registrierte, dass Moritz meine Hand losgelassen hatte.

Wir standen noch im Eingangsbereich, in das Waggoninnere sahen wir durch die verglaste Automatiktür. Jeder Sitzplatz im Waggon war besetzt mit Touristen, orientalisch oder fernöstlich anmutenden Leuten, Männern,

Kindern und Frauen. Obwohl sie anscheinend alle aus heißen Regionen kamen, schien ihnen die Hitze dennoch zuzusetzen: müde und abgekämpft saßen vor allem die Frauen und Kinder auf den breiten Sitzen, während die Männer uns angespannt musterten. Einige wenige Frauen trugen Tücher um den Kopf, ansonsten waren sie allesamt gekleidet wie wir, Markennamen, die sich weltweit durchgesetzt hatten. Moritz und ich gingen in den Waggon hinein, die Gepäckablagen waren voll mit Koffern und Rucksäcken, es war tatsächlich kein Platz mehr frei, weder für uns noch für unser Gepäck. In der Mitte des Waggons angekommen, verstand ich, dass wir die einzigen waren, die bis nach Salzburg stehen mussten. Ich sah nach hinten zu dem jungen Paar, das uns durch die Tür beobachtete. Niemand machte uns Platz, aber damit hatten wir auch nicht gerechnet, wir waren schließlich Wiener.

Doch die Familie, vor deren Tischchen wir zu stehen gekommen waren, rückte näher zusammen, mit Handbewegungen deuteten Mann und Frau einladend, sodass sich zumindest Moritz dazu setzte. Interessiert stellte ich fest, dass mir der Mann bekannt vorkam, vom Typ her zumindest, er sah mir vielleicht sogar ähnlich, auch ohne Vollbart. Vielleicht erkannte auch er die Ähnlichkeit, denn er musterte mich noch genauer als ich ihn. Die Frau jedoch, sie sah so ganz anders aus als Anna, wie aus einer völlig anderen Welt, und die drei Kinder, zwei Mädchen, älter, und ein Bursche, jünger als Moritz, sahen schon wieder zum Fenster hinaus. Ich legte den Rucksack auf den Boden und setzte mich darauf. So konnte ich Moritz zumindest die Landschaft zeigen. Hier in Bodennähe hielt sich der Geruch von billigem Deodorant. Und so fuhren wir durch eines dieser Alpentäler, in denen immer ein reißender Fluss fließen wird, an steil herabstürzenden Felswänden vorbei in Richtung unseres vermeintlichen Ziels.

Ich hatte die Karte, das Puzzle aus Google-Maps-Ausdrucken, auf dem Tischchen ausgebreitet, was die Touristen zuerst zu stören schien, als sie aber erkannten, worum es sich bei den umständlich gefalteten Papierblättern handelte, lachten sie und zeigten uns auf ihren Smartphones, wie ich es einfacher hätte machen können.

»Ja, aber eine gedruckte Sache ist halt etwas völlig anderes. Man darf sich die Übersicht über das große Ganze nicht nehmen lassen«, sagte ich auf Deutsch, ohne dass mich jemand hätte verstehen können, aber für Moritz wollte ich es dennoch gesagt haben. »Das ist mir schon klar, dass es auf dem Smartphone einfacher geht, aber es geht ja auch darum, dass hier nicht überall Empfang ist. Oder dass eben auch der Akku leer sein kann.«

Ich versuchte es noch einmal auf Englisch, ich selbst war wie immer beeindruckt von meiner Aussprache, aber auch damit rief ich nur ein verdutztes Lächeln hervor. Ich lächelte absichtlich blöd zurück, damit sie sich nicht von oben herab behandelt fühlten.

Mit gemischten Gefühlen betrachtete ich Moritz, er sah zurück, beide fanden wir die Situation peinlich, als plötzlich der Bursche in ebenfalls akzeptablem Englisch fragte, was ich mit dem fehlenden Empfang gemeint hatte. Ich erklärte ihm, was ich bis dahin für eine Selbstverständlichkeit gehalten hatte. Er erklärte mir nach Rücksprache mit seinem Vater, der mich währenddessen fortwährend angrinste, dass sie dieses Problem nicht kannten, Akkuleistung ja, aber, er deutete auf die Steckdose zwischen den Sitzen, »we can charge here«, und wieder lachten er und seine Familie, so wie man lacht, wenn man im Ausland anderen Touristen etwas erklären kann.

Ich war, nach einem ersten Moment des Lachens, beinahe schockiert darüber, dass diese orientalisch oder persisch, ich wusste es nicht besser zu beschreiben, anmutenden Leuten mir erklären wollten, dass sie das Problem von fehlendem Empfang für ihre Smartphones nicht kannten. Auch Moritz schüttelte den Kopf und so verlief der Rest der Fahrt von meiner Seite aus in einem bitteren Schweigen. Ich fühlte mich, als hätte sich jemand auf eine recht perfide Weise über mich lustig gemacht. So richtig von oben herab behandelt worden, und da verstand ich, dass sie uns ebenfalls für Touristen hielten.

Ich dachte darüber nach, dass unsere Reaktion eigentlich nicht verwunderlich war, auch Moritz hatte nicht den geringsten Austausch mit dem Burschen, geschweige denn seinen Schwestern gefunden. War das nicht seltsam, wo wir doch die Erfahrung gemacht hatten, dass Kinder gerade in diesem Alter über angebliche Grenzen wie Religion oder Nationalität, ja sogar die Sprache erhaben sind? Ich erinnerte mich an die zwei jüdischen Burschen, die mit Moritz bei einer Spielemesse die Köpfe begeistert über verschiedenen Computerspielen zusammengesteckt hatten (allerdings bei der Heimfahrt in der U-Bahn nicht neben uns hatten sitzen wollen oder dürfen).

Das Schweigen im Waggon war ansteckend und nun redete nur mehr das junge Paar im Einstiegsbereich aufgeregt aufeinander ein, stumm für uns, denn durch die automatische Tür drang kein Laut.

Schneller als ich es für möglich gehalten hatte, waren wir aus den engen Tälern heraus und näherten uns Salzburg. Knapp vor dem Hauptbahnhof machte sich eine große Unruhe breit, die ich in unserem oder vielmehr Moritz' Fall noch verstehen hätte können, was mir allerdings nicht einleuchtete, war das aufgeregte Raunen, das nun, als die ersten blauen Schilder mit dem Namen der Stadt aufgetaucht waren, den gesamten Waggon ergriffen hatte. Teils aufgeregt, teils beinahe verängstigt drängten sich die Touristen an den Fenstern, blickten besorgt auf ihre Fahrscheine und Smarttickets und wahrscheinlich auch auf Google-Maps.

Plötzlich wurde der Zug scharf umgeleitet, Kinder purzelten von den Sitzen, Frauen stürzten, eine auf mich, sie entschuldigte sich, während wir bereits abseits der überdachten Bahnsteige fuhren und dann kreischend stehenblieben. Mit dem letzten Rucken ergriff nun nach der großen Aufregung wieder eine unangenehme Stille den Zug. Alle, auch wir, setzten sich wieder auf ihre Plätze, nur das junge Paar drückte den Türöffner. Wieder und immer schneller, doch die Tür blieb verschlossen. Ich stand auf, nahm Moritz an der Hand und ging zu ihnen.

»Was ist los?«, fragte ich.

»Lässt sich nicht öffnen«, antwortete er.

»Wir sind neben den Bahnsteigen, draußen ist freie Strecke, schau selbst!« Seine Frau begann zu weinen.

»Wollt ihr etwa weiterfahren?«, sagte der Mann.

Ich schüttelte den Kopf. »Auf keinen Fall! Aber es wäre gefährlich jetzt auf die Gleise zu steigen.«

»Wahrscheinlich schieben sie uns jetzt dann zurück auf einen der Bahnsteige«, setzte ich nach einer Pause fort. »Wir werden nicht lange warten müssen, vielleicht staut es sich im Bahnhof einfach sehr stark«, schlug ich vor.

Der Mann sah nun endlich durch das kleine Bullauge der Waggontür, ich stellte mich hinter ihn, versuchte ebenfalls etwas zu erkennen. Wir waren weit vom eigentlichen Bahnhof entfernt, und ich sah etwas, was mich sofort beruhigte: Auf allen Bahnsteigen standen Züge und hunderte, wenn nicht tausende von Menschen drängten sich in den Wartebereichen, auf den Stiegen und Rolltreppen, es war ein Pandämonium wie aus einem mittelalterlichen Heiligenbild, tatsächlich jedoch nur mit einem monströsen Flughafengelände vergleichbar, auf dem im Hochsommer zu viele Flüge gleichzeitig ausgefallen waren: Eltern zogen ihre Kinder ebenso ungestüm, wie sie ihre Koffer durch die Gegend wuchteten, Männer überholten einander in einem nicht verständlichen Wettrennen. Alte humpelten auf Stöcken, Einheimische kämpften sich mit ihren Rucksäcken durch die Touristen. Und immer wieder dazwischen eilige junge Männer, die nicht viel mehr als schmale Umhängetaschen bei sich hatten. Es war ein Exodus. Wir hatten uns den schlechtesten Zeitpunkt für unsere Reise ausgesucht. Es war etwas passiert, vor dem uns niemand gewarnt hatte.

»Ein Wahnsinn«, staunte nun auch Moritz, den ich nur noch kurz in die Höhe halten hatte können, so schwer war er mir auf einmal geworden.

»Ja«, sagte ich, »da weiß man wenigstens, warum man sonst mit dem Auto unterwegs ist.«

»Aber so ist es doch sonst nie!«, sagte die junge Frau und begann wieder zu weinen. Wieder drückte sie auf den grünen Knopf. Und als hätte sie etwas Falsches, Verbotenes gemacht, setzte sich der Zug mit einem kräftigen Ruck in Bewegung und die Klimaanlage schaltete sich wieder ein.

Doch wir beschleunigten zu schnell. Der junge Mann fluchte nun ebenfalls und sah dabei gebannt aus dem Fenster. Wir ließen den Bahnhof hinter uns zurück. Die Monitore zeigten unsere Geschwindigkeit an. Ich hatte nicht gewusst, dass es in Österreich so schnelle Züge gab.

Der junge Mann zog seine Frau an seine Schultern. Ich spürte wie Moritz meine Hand ergriffen hielt und sah dicke Tränen an seinen Wangen herunterlaufen. Ich drückte seine Hand fest, froh, dass wir zusammen waren, und mit dem Handrücken der anderen wischte ich ihm über die Augen und Wangen.

☆

Als sie uns gleich darauf die Klimaanlage und den Strom noch dazu abgedreht hatten, machte sich eine fatalistische Stimmung breit: Die Touristen lachten, schmunzelten, sahen bewegungslos aus den Fenstern. Vielleicht sahen sie die neue Lage nicht mehr als eine kurzfristige Umleitung, die sie dennoch nicht am Erreichen des eigentlichen Ziels würde hindern können.

Moritz und ich hielten uns an das junge Paar. Wir wussten, wohin wir gehörten. Ich war froh, dass wir nicht alleine waren, aber zur gleichen Zeit bedrückte mich das Verhalten des Mannes zusehends, er wandte sich von mir ab.

Der Zug blieb stehen, ein lichter, leicht ansteigender Wald zur rechten und auf der linken Seite breiteten sich frisch gedroschene Äcker aus. Die Frau störte mich nicht, aber die Blicke ihres Partners wurden immer wütender, Angst und Ärger in einer sehr unattraktiven Zusammensetzung machten sich in seinem Gesicht bemerkbar. Irgendwie fühlte ich mich mitschuldig an seinem Ärger, wusste nur nicht, was ich dazu beigetragen hatte.

»Muss mal raus«, sagte ich, nahm Moritz' Hand und drückte den grünen Knopf.

Die Türe blieb geschlossen, niemand lachte, die Frau sah mich vorwurfsvoll an, als hätte ich einen Witz auf ihre Kosten gemacht, was ja auch stimmte.

Es wurde heißer und nun schwitzte nicht mehr nur der junge Mann allein. Ich hatte das Bedürfnis, mich vorzustellen.

»Theodor«, sagte ich, »besser: Theo, und das ist mein Sohn Moritz.«

Wir schüttelten die Hände, kühl und trocken die ihren, heiß und feucht die seinen.

Beate und Johann lebten tatsächlich in Wien, stammten ursprünglich aus einem mir unbekannten Dorf im Lungau und waren auf einer fünftägigen Wander- und Klettertour gewesen.

Ich vermied es, von unserer Reise zu erzählen, hatte sie beinahe vergessen, so sehr hatte mich der Tag bis hierher schon in Anspruch genommen, ihr Beginn oder ihre unerwartete Wendung vielmehr, alles schien mir zusammenzugehören und auf etwas Größeres, ich war versucht zu sagen, auf etwas Gefährlicheres, hinzudeuten.

Moritz war der Erste, der die Hunde hörte. Gleich darauf sahen wir die Polizistenkappen vor unserem Türfenster vorbeigehen. Wir alle verfolgten sie mit angstvollen Blicken, als sie in dieser typischen dunkelgrünen Uniform entlang der rechten Seite des Zuges Aufstellung bezogen, alle paar Meter einer. Wir mussten uns also bereits an der Grenze zu Bayern oder sogar im Nachbarland selbst schon befinden. Vielleicht verlief die Grenze genau an der Bahnstrecke entlang, weil sie nur auf der einen Seite standen.

Von weiter vorne im Zug hörten wir Stimmen in lautem Befehlston, Weinen, Kinderschreie und da kamen bereits weitere Polizisten bis zu unserem Waggon durch den Gang geschritten, sie öffneten die Tür, brüllten in einem sagenhaft deutschen Englisch Befehle. Da sie am

Ende des Zuges angekommen waren, drehten sie sich auf den Hacken um und wir versuchten ihren Anweisungen Folge zu leisten: langsam nach vorne weiterzugehen, ausschließlich bei der ersten Tür am Zuganfang auszusteigen und vor allem Ruhe zu bewahren. Wir standen also lange Zeit im Gang zwischen den Sitzreihen, untätig und voller Sorge, was uns draußen erwartete. Die Touristen schienen weniger beunruhigt als wir vier, die wir den Zug als letzte verlassen würden. Schrittweise und vor allem langsam rückten wir nun gemeinsam zum Ausgang vor.

»Da sind welche von uns!«, sagte da überrascht Beate. Sie zeigte nach vorne. »Hallo! Hallo!«, rief sie, winkte sogar.

Wirklich drehten sich in der Schlange vor uns zwei Köpfe um und von den Sitzen erhoben sich zwei weitere, die nun alle vier ganz offensichtlich nicht zu den Touristen gehörten: bunte, sportliche Outdoorbekleidung, North Face und Jack Wolfskin, was es auch war, aus der Entfernung ließ sich da kein Unterschied ausmachen.

»Wir dachten schon, wir wären alleine hier in der ganzen Scheiße«, rief der älteste von den Vieren zu uns zurück. Ich winkte dem Mann mit dem Ruhrpott-Akzent ebenfalls zu. Seine Bemerkung war vielleicht wenig angebracht, irgendwie aber auch ganz typisch für unsere Lage.

»Ist die hintere Türe wirklich nicht zu öffnen?«, rief eine der beiden Frauen. Sie zeigte auf uns und wir schüttelten alle vier, auch Moritz, den Kopf.

Der Mann an ihrer Seite lachte, vielleicht auch über uns. »Scheiße«, sagte er nun ebenfalls, und ich sah das

Mitleid in seinen Augen, als er mich, oder uns, kopfschüttelnd musterte.

Die vier dagegen sahen gesittet und gut gepflegt aus, ein Paar um die fünfzig, die anderen wohl schon einiges darüber.

Wenigstens, dachte ich, bin ich jetzt nicht mehr der Älteste hier drinnen. Sogar die Polizisten, die längst schon wieder nach vorne im Zug verschwunden waren, waren deutlich jünger als ich gewesen.

Nach weiteren zehn Minuten waren wir keinen Schritt vorangekommen und der Mann, an dessen Tisch wir vorhin gesessen waren, drehte sich um, sah mich freundlich an und deutete auf Moritz. Er sagte etwas in einer arabischen Sprache. Ich zuckte mit den Schultern, es war mir eigentlich egal, was er sagte, er war hier der Tourist, von mir aus auch der Gast, ich wollte nicht unhöflich sein, aber in diesem Moment, in dem mit jeder Minute heißer und stickiger werdenden Waggon, interessierte es mich nicht mehr, was er von mir wollte.

Er deutete wieder auf Moritz, wollte ihn ganz offensichtlich mit dieser schwungvollen Bewegung nach vorne lassen.

»Sie haben doch selbst Kinder«, sagte ich, »lassen Sie's gut sein.« Ich schüttelte den Kopf, da er mich ja doch nicht verstanden hatte. Der Mann drehte sich wieder nach vorne um.

In der Zwischenzeit hatten Beate und Johann offenbar wieder Kontakt zu den vier Deutschen weiter vorne im Zug aufgenommen.

»Wir sehen uns draußen«, sagte der Mann, der vorher so freundlich geflucht hatte mit deutlich formulierender Lippe und wirklich bewegte sich die Schlange nun wieder einen Meter weiter.

Später machte ich mir Sorgen, fragte mich, was der Grund dafür war, dass wir uns eine gute Viertelstunde keinen Schritt weiterbewegt hatten. Moritz sah stur und mutig nach vorne. Hatte ich ihn in diese missliche Lage gebracht? Ich hatte nicht das Gefühl, für unser Pech verantwortlich zu sein. Plötzlich fühlte ich den Schmerz, so fest drückte Moritz schon die ganze Zeit meine Hand. Ich beugte mich hinunter, flüsterte ihm ins Ohr, aber er reagierte nicht, ich versuchte seine Finger aus meiner Hand zu lösen, aber es ging nicht.

»Was ist denn los?«, flüsterte ich ihm wieder ins Ohr. Er reagierte noch immer nicht.

Als ich mich schließlich mit Gewalt von ihm gelöst hatte, kniete ich umständlich nieder und umarmte ihn. Ich streichelte ihm über den Kopf und drückte ihn fest an mich.

»Geht schon«, sagte er und versuchte dabei, nicht zu tapfer zu klingen.

Der Fremde, der ihn vorher noch freundlich weiter gewunken hätte, drehte sich wieder um und sah mich mit einem Ich-hab's-dir-ja-gesagt-Blick an. Das Telefon läutete. Anna, natürlich, ich hatte vergessen, sie zurückzurufen.

☆

Ich hatte ein reines Gewissen, nicht abgehoben zu haben. Wäre ich meinem Schuldgefühl gefolgt, hätte das das Ende unserer Reise bedeutet. Wieder ging es weiter in der Schlange und ehe wir uns versahen, waren wir schon im nächsten Waggon, dem letzten vor unserem Ausstieg. Die Stimmung besserte sich endgültig, als wir die Vierergruppe der Deutschen von vorhin schon neben dem Zug stehen sahen. Neben ihnen andere, offensichtlich mitteleuropäische Frauen und Männer und sogar zwei Kinder in nicht viel mehr als Badesachen gekleidet. Alle waren augenscheinlich froh, dem Irrsinn entronnen zu sein.

Und da kamen wir auch schon in langsamen Schritten der Ausstiegstür entgegen. Hinter mir winkten Beate und Johann den Deutschen zu. Wir werden erwartet, dachte ich, und spürte schon die frische Luft. Ich griff Moritz' Hand fester und setzte nun ebenfalls meinen Fuß auf die oberste Stufe, als der Polizist zu meiner linken Seite meinen Arm nahm, mich hinunter zu geleiten, wie ich dachte, und uns, als er das gemacht hatte, zügig und forsch in Richtung der Lokomotive schob, fort von den Deutschen und hin zu den Touristen, die, nun wieder unglücklich, wie es schien, in mehrere Reihen gezwungen auf dem Schotter und Waldboden standen, die Rucksäcke und Bündel vorsorglich geschultert und die Koffergriffe fest in den Fäusten.

Ich fürchtete um die Sicherheit und Gesundheit meines Sohnes, aber da war er, an meiner Hand, und wehrte sich gegen die Richtung, in die plötzlich auch er nun gedrängt wurde.

Verdammte Scheiße, dachte ich, die wollen uns zu den anderen stecken.

Das schrie ich dem Polizisten ins Gesicht: dass wir von hier waren. Er wurde gleich ganz aggressiv, seine Kollegen eilten an seine Seite, man wollte mich daran hindern, meinen Pass zu zeigen. Meinen Pass! Was ich nicht für ein Glückspilz war, dachte ich da, dass ich überhaupt meinen Pass dabeihatte. In der letzten Sekunde unserer Abfahrt hatte ich noch daran gedacht, mehr überrascht als froh, ihn nicht in Wien gelassen zu haben.

Noch einmal wurde mir befohlen, mich zu den Touristen zu stellen. Noch einmal erklärte ich ihm deutlich, wer ich war, woher ich kam, was und wo ich arbeitete und dass ich mir eine solche Behandlung verbat. Langsam sickerte es da bei dem kleinen, stämmigen Kerl durch und immer weiter ins denkende Zentrum. Auch er war in Wirklichkeit nicht mehr als ein junger Bursche, allein schon der Dialekt, nichts konnte einem weiter entfernt sein, tatsächlich dachte ich, während ich ihn da betrachtete, waren mir die fremden Sprachen der Touristen beinahe näher gewesen.

Seltsam wurde es mir, als wir uns Aug' in Aug' gegenüberstanden und ich in seinen Augen las, wie die Zeit für ihn immer länger wurde. Ich dagegen hatte Zeit, fühlte ich, Zeit war das geringste meiner Probleme. Ich spürte, wie sich sein Griff lockerte.

Was, wenn meine Behauptungen der Wirklichkeit entsprachen, las ich als Frage in seinen Augen, wenn einer wirklich so hieße, als Historiker (Kulturwissenschaftler, für mich selbst) an der Universität in Wien arbeitete? Das mit dem Arbeitsplatz stimmte nur halb, war aber auch nicht ganz falsch, schließlich war ich nicht mehr als ein Mitarbeiter eines, zugegebenermaßen großen, Projekts. Bei seinen österreichischen Kollegen hätte ich nur auf Menschlichkeit hoffen dürfen: Der Österreicher lässt sich gerne bitten, komm ihm nicht als Wissenschaftler, denn selten gibt es Strengeres als den von Akademikerhass getriebenen Österreicher. Ein Österreicher hätte mich an dieser Stelle ganz sicher mit Gewalt zu den Touristen hinüber gezwungen. Aber wie würde der Deutsche reagieren?

Ich durfte meinen Pass herzeigen.

Der Polizist entschuldigte sich, seine Kollegen hatten sich bis auf zwei schon wieder entfernt, und dann war es auch gleich soweit: Wir wurden zu der Gruppe von Österreichern und Deutschen geleitet und unser Polizist blieb als Wache bei den Touristen zurück. Im Gehen sah ich, wie seine freundliche, um Deeskalation bemühte Miene wieder ins Neutrale zurück kippte.

Da standen wir nun unter unsresgleichen. »Na, das ist ja ein Abenteuer«, sagte ich und klopfte Moritz auf die Schultern. Aber niemand in der Runde sagte etwas. Eigentlich sahen alle betroffen auf den Boden.

☆

Dreizehn Leute und ich wurden in der gleichen Zuggarnitur zurück nach Salzburg geführt. Sogar die vier

Deutschen, die wir vorhin als Erste kennengelernt hatten, fuhren wieder nach Österreich zurück. »In den Urlaub zurück«, lachte der Ältere, »wir wollten ja nicht nach Hause, die haben uns einfach nicht aussteigen lassen!«

Der nimmt das auf die richtige Art, dachte ich, nämlich mit Humor.

Das Rattern des Zuges und ein regelmäßig wiederkehrender Schlag bei jeder neuen Schiene machten es später beinahe unmöglich, sich im Spiegel auf der Toilette zu betrachten. Ich versuchte, so wenige Stellen wie möglich zu berühren, stand einfach da und betrachtete mich.

Wenn davon auszugehen war, dass die anderen nicht in dich hineinsehen konnten, war da nichts Verdächtiges zu erkennen. Außer dass ich unter dem Bart vielleicht wirklich mehr wie einer der Touristen aus dem Zug vorhin aussah. Das beunruhigte mich nicht, ja, es verwunderte mich nicht einmal, ich hatte mein Aussehen eigentlich immer als Vorteil empfunden, auch wenn es stimmen mochte (das hatte ich tatsächlich vergessen), dass es zu Schulzeiten hier und da der Fall gewesen war, dass man mir, aus mir damals unerfindlichen Gründen, zu verstehen gegeben hatte, dass ich ein anderer war, der im Zweifelsfall nicht dazugehörte. Hatte mich das gekümmert? Einen Dreck hatte mich das gekümmert. Ich sah mich selbst als einen, der diese Oberflächlichkeiten hinter sich gelassen hatte, aber hier, am Land, wo es an der Staatsgrenze hart auf hart ging, hatte sich das verändert, hier schien mein Aussehen auf einmal wieder zu zählen. Aber worin unterschied ich mich dann von den anderen in Wirklichkeit?

Den richtigen Schreck spürte ich nach der ersten, kühlen Verwunderung: dass ich keinen Einfluss mehr auf mich selbst und mein Verhalten in der Öffentlichkeit hatte. Etwas war an mir, an meiner Außenseite, das die anderen Reisenden auf den Boden hatte blicken lassen, als wir wieder bei unserer Gruppe gestanden waren. Ich wusste nicht, was das sein konnte. Ich stand da, schwankte im Rhythmus des Zuges und sah mein Gesicht an. Zum ersten Mal in meinem Leben fühlte ich mich vor ein ernsthaftes Problem gestellt, für das tatsächlich keine Lösung zu existieren schien. Erstaunt fühlte ich mich zum ersten Mal alt.

Na ja, dachte ich dann, den anderen Touristen, Flüchtlingen vielmehr, ich war nicht so naiv, sie nicht von Anfang an als solche erkannt zu haben, die gerade unter Bewachung ins Nachbarland gebracht wurden, ging es wahrscheinlich auch nicht viel anders: Wer auch immer sie waren, wie sie aussahen oder was sie in Zukunft machen wollten, das entsprechende Siegel hatten sie bereits umgehängt bekommen. Viel würde sich da nicht mehr abspielen. Es war da eine giftige Verbindung, die ich offenbar eingegangen war, ich wusste nicht, wohin ich gehörte, weil auch andere nicht wussten, wer ich war oder sein sollte. So griff eine Verunsicherung in die andere und etwas ergab mich selbst, das doch nicht ich war. Weil ich mich nicht so fühlte.

Ich lachte mich im Spiegel auf der Toilette im Railjet an.

Ich fand mich sympathisch, aber, das musste ich zugeben, ich sah nicht so ganz wie der klassische Österreicher von da draußen aus. Ich wusste allerdings nicht recht, worin ich mich von ihnen unterschied. Eines nur war mir klar: auch ich hätte mir nicht von Anfang an und sicher nicht bedingungslos vertraut.

Montag, 16. Juli

Das Aufeinanderschlagen von Zugkupplungen weckte mich auf. Durch das offene Fenster erwärmte sich das Zimmer im Hotel *Guter Hirte* schnell. Mühsam rappelte ich mich hoch, auf der zweiten Hälfte des Bettes gab Moritz Geräusche von sich, wie ein hungriger Löwe vor dem ersten Bissen. Wie betäubt stand ich da. Auf dem Balkon war es dann frischer. Als die nächsten Güterwaggons aneinandergekoppelt wurden, schloss ich schnell die Tür.

Unter der Dusche spürte ich das erste Mal bewusst die Angespanntheit, die ich gestern nicht wahrgenommen hatte: erschöpft und froh, dem ersten Tag unserer Reise entronnen zu sein.

Moritz gegenüber hatte ich kein Wort der Erklärung über das Vorgefallene gefunden. Am Telefon hatte Anna darüber gelacht, dass wir in Salzburg, und damit nicht so weit entfernt von ihr übernachten würden, mich beinahe liebevoll einen Narren genannt, dass wir in den falschen Zug gestiegen waren (was strenggenommen auch keine Lüge gewesen war). Wie ich erklären würde, was sich an der deutschen Grenze abgespielt hatte, wenn sie erst davon hörte, das wusste ich noch nicht. Aber vielleicht musste man uns ja nicht zwangsläufig damit in Verbindung bringen.

Als ich fertig angezogen zurückkam, saß Moritz im Schneidersitz auf dem Bett und lächelte mich fröhlich an. Das war ansteckend und ich ahnte, dass diese Reise eine Chance bot, genau solche Momente zu erhalten, sie entstehen zu lassen, lange in unsere Zukunft wirken zu lassen.

»Hopp, hopp«, sagte ich mit der entsprechenden Handbewegung, »unter die Dusche und dann Aufbruch!«

»Aber ich dusche doch immer am Abend.«

»Und? Hast du gestern?«

Er schüttelte den Kopf.

»Du wirst froh sein, wenn du in den nächsten Tagen überhaupt dazukommst.«

»Papa!«

Ich schickte ihn unter spielerischen Kniffen, Schlägen und Schubsereien in bester Vater-Sohn-Manier ins Bad, er schien aufgegeben zu haben, lachte in einem fort und stand verdächtig schnell wieder fertig angezogen vor mir. Er hatte den Wasserhahn aufgedreht gehabt und sich nicht einmal die Mühe gemacht, für ein paar nasse Flecken Haut zu sorgen.

Das gefiel mir, und ich ließ es ihm durchgehen, weil die Kinder ruhig glauben sollen, dass sie die Väter austricksen werden können. Ja, stolz war ich auf ihn. Er schlug sich auf die Stirn.

»Wir sind Deppen! Die Frau an der Rezeption hat doch gesagt, dass es Frühstück erst ab sieben Uhr und bis zehn Uhr gibt.«

Es war fünf vor sieben. Warum sollten wir auch nicht in aller Ruhe frühstücken? Außerdem hatte ich selbst auch Hunger.

»Außerdem habe ich Hunger!«, sagte Moritz im gleichen Augenblick und wir lachten. Er, weil er mir vertraute, und ich, weil ich mich in ihm wiederzuerkennen glaubte.

☆

»Wo ist jetzt das Elefantengasthaus?«, fragte Moritz, als wir aus dem Hotel ausgecheckt waren und auf der Straße standen und ich mich zum ersten Mal an diesem Tag wieder mit der Realität konfrontiert sah, dass wir einen Plan zu verfolgen hatten, den ich entworfen hatte.

»Gut«, antwortete ich, »okay, diesen Gasthof gibt es, aber der heißt nur so. Erstens ist unser Elefant nie durch Salzburg gekommen und zweitens ist das Hotel oder Gasthaus, was weiß ich, was das genau ist, erst viel später gegründet worden, vor dreißig oder vierzig Jahren, um genau zu sein. Es hat nichts mit unserer Reise zu tun. Eigentlich brüstet sich dieses Hotel mit etwas, das seine Mauern nie erlebt haben. Wir wollen den Hauch der wirklichen Geschichte spüren, wir werden auf Details achten müssen, glaub mir. Was noch geblieben ist. Eigentlich sind wir Archäologen, Paläontologen, wenn dir das lieber ist, die etwas ausgraben müssen. Hier gibt es nichts zu finden.«

Moritz sah enttäuscht drein. »Aber hast du nicht auch gesagt, dass gerade in diesem Hotel dieser Schriftsteller auf die Idee für sein Elefantenbuch gekommen ist?«

»Ja, José Saramago«, gestand ich, »der war das. Aber, schau, ich habe das Buch nie gelesen, so einen historisierenden Scheiß kann keiner lesen. Das ist es ja, was einen in den Wahnsinn treibt, dass einer eine wahre Geschichte nimmt und sie völlig neu und falsch erfindet!«

»Was heißt historisierend?«

»Beschissen«, sagte ich nach einer kurzen Pause, »historisierend heißt beschissen.«

»Dann hast du vorhin beschissener Scheiß gesagt.«

Ich starrte ihn an. »Eigentlich haben wir dort nichts verloren«, sagte ich bestimmt.

Und nach einer weiteren Pause, in der er mich erwartungsvoll betrachtete, ich kannte diesen Blick nur zu gut, dieses Von-unten-nach-oben-herauf-Betrachten mit dem offensten Gesicht, das nur vorstellbar ist, bot ich ihm an: »Aber wir können's uns ja einmal ansehen. Von außen.«

☆

War mein Leben bis dahin so grau verlaufen, dass sich niemand dafür interessieren wollte? Ich hatte mich so weit von allem in meiner Umgebung entfernt, dass ich praktisch keine Reaktion auf die Ankündigung dieser Reise erhalten hatte. Bis auf das Feedback meiner Frau, und meines Bruders, aber der meinte seit zwanzig Jahren nichts mehr ernst, hatte mir eigentlich niemand bestätigt, dass es vernünftig war, mit seinem neun Jahre alten Sohn zu Fuß, eine jahrhundertalte Strecke zurückzulegen oder nachzugehen, die noch dazu zu einem großen Teil über Wasser, den Inn hinauf, führte. Es hatte allerdings auch niemand gesagt, dass es ein unvernünftiges Unternehmen sein könnte. Aber wusste ich wirklich, ob meine Ankündigung überhaupt von irgendjemandem ernst, ja überhaupt zur Kenntnis genommen worden war?

Während wir jedoch unseren Weg vom Bahnhof in den alten Teil der Stadt suchten, hatten bereits mein Bruder, meine Eltern und eine mir nicht besonders nahestehende Kollegin vom Institut, die ich aber doch im Verdacht hatte, dass sie zumindest ein bisschen auf mich stand, angerufen. Bei keinem hatte ich abgehoben. Keiner von diesen Menschen, bemerkte ich, hatte mich im letzten Jahr privat angerufen. Das kam mir als eine außerordentlich lange Zeit vor, in der ich zu praktisch niemandem Kontakt gehabt hatte, außer zu meiner nächsten, meiner wirklichen Familie.

Ohne sie abgehört zu haben, löschte ich alle drei Nachrichten auf der Mailbox. Diese Reise war nur in zweiter Linie für all die Zuschauer und Mitleser gedacht, die ich doch auch da draußen vermutet hatte und auch jetzt noch vermutete. Eine Reise, die Vater und Sohn zu machen hatten, um sich der gegenseitigen Wertschätzung zu versichern, die sie bis dahin gepflegt hatten und die hier weniger auf dem Prüfstand stehen, als vielmehr eine gemeinsame Basis für eine Zukunft sein sollte, die sich bereits morgen völlig anders darstellen konnte, als sie es heute noch versprach. Ich musste lachen, weil ich an den *Walkabout* denken musste, diesen Alleingang des erwachsenden Mannes unter den Aborigines entlang von sogenannten Traumpfaden in der heimatlichen Landschaft Australiens. Diese Traumpfade bilden mit verehrten Orten ganz besondere mythische Landkarten ab, die mich begeistern, weil ich sie nicht nachvollziehen kann, weil ich dennoch eine so kraftvolle Beständigkeit und einen Willen zur Dauer und zur Ordnung von Zeit sehe oder vielleicht auch nur erahne.

Lachen musste ich nicht zuletzt deshalb, weil sich heute und hier nur mehr Vater und Sohn zusammen an so ein Abenteuer wagten. Tatsächlich hätte ich Moritz nie im Leben alleine auf eine solche Reise zu sich selbst gelassen. Ich wollte den schönen Moment bewahren, ihn vorbereitend für Erinnerungen später einmal bei mir behalten. Ein durchaus egoistischer Zugang, das war mir sofort klar.

Nun, dachte ich, es war richtig, die Leute über die Reise informiert zu haben, das bedeutete aber nicht, dass ich für Anfragen zu Verfügung stand. Sollten sie doch mitlesen, ich würde weiterhin keine Anrufe annehmen, außer von Anna, die sich allerdings an diesem zweiten Tag der Vater-Sohn-Reise noch nicht gemeldet hatte.

In der Gasse des Elefantenhotels war es kurz nach neun Uhr noch beinahe dunkel. Über unseren Köpfen ragte das kunstvoll und filigran verzierte Schild mit dem kleinen Elefanten in der Mitte gut einen guten Meter weit in die Gasse herein. Moritz hatte recht getan, auf diesem wirklichen Beginn unserer Reise hier, genau an diesem Platz, zu bestehen.

Ich wäre mir für ein High Five nicht zu schade gewesen, aber Moritz wollte so etwas nicht mehr.

Als er das Hotel betreten wollte, hielt ich ihn zurück.

»Warte, lass uns doch notieren, was hier gerade passiert.« Er nickte und ich holte ein Notizbuch heraus und er begann mir den Ort, Datum und die Uhrzeit auf eine sehr deutliche und ernste Art zu diktieren. Dann den Namen des Hotels und seine Adresse.

»Gründungsdatum?«, fragte er, »Was hast du heute in der Früh gesagt, wie lange es schon existiert? Dreißig, vierzig Jahre?«

Eine Gruppe von Touristen kam die Gasse von der Flussseite her entlang. Vorher waren wir allein gewesen, bis auf das Gesicht eines jungen Mädchens hinter einem Fenster, am Kopf ein weißes Baumwollhäubchen, wie sie nur in diesen alten, verwachsenen Städten möglich sind, halb Stubenmädchen-, halb Mormonenkäppchen, die uns schon die ganze Zeit beobachtet hatte.

Ich nickte Moritz zu, bejahte seine Frage und freute mich über seine Begeisterung, als ich eine freundliche Stimme hinter uns lachen hörte und wir uns umdrehten.

»Den Elefanten?«, fragte ein Mann in einem karierten Sommeranzug mit Stecktuch im Sakko und Zigarre zwischen den blitzenden Keramikzähnen, lang und hoch war er, sogar ich musste ein Stück hinaufblicken. Er passte gut in diese Stadt, hätte im gleichen Moment eine Diskussion im Chatham House leiten können, vielleicht würde er mir etwas sagen können, aber seine Quellen durfte er nicht verraten, ahnte ich. »Junger Mann, das gibt's schon viel länger!«, sagte er da auch wirklich, wie um mich zu korrigieren, aber er sah Moritz an, die Höflichkeit gebot es ihm, mich außen vor zu lassen, stellte ich mir vor, und ich ärgerte mich darüber, dass er nicht mich ansprechen konnte, wo ich mich doch schließlich so sehr angesprochen gefühlt hatte.

»Was soll ich dir ansagen?«, fragte Moritz und betrachtete mein Notizbuch und dann wieder mich, als das Telefon mit einem neuen Ton irritierend fiepte. Ich hatte eine E-Mail bekommen: Facebook informierte mich über die Freundschaftsanfrage einer mir unbekannten Frau.

»Wir haben einen Fan.« Ich zeigte Moritz den Bildschirm, hielt ihn auffordernd hin, er lachte.

Wir machten Fotos von uns, fühlten, dass die Reise weiterging, jetzt vielleicht sogar weitergehen musste.

Ich nahm die Freundschaftsanfrage an. Wir hatten unseren ersten Fan und jetzt brauchten wir nur mehr das erste echte Elefantengasthaus zu finden.

Freitag, 20. Juli

Als ich den Reißverschluss des Zelts öffne, ist es draußen noch dunkel. Ein eisiger Wind, von dem am Abend noch nichts zu bemerken war, pfeift über den Grat. Ich bin ziemlich froh, dass ich mich mit Moritz wieder gut verstehe oder heute noch besser verstehen werde als in den Tagen nach dem großen Streit.

Ich tippe diesen ersten Eintrag seit langem jetzt in aller Früh, weil ich Angst habe, dass ich sonst relevante Fakten vergessen könnte, und weil ich eine Nähe vermitteln möchte, die sich mir selbst ganz unerwartet aufgetan hat, wie einem, der sich selbst zu finden begonnen hat, einem, dem etwas genommen wurde und der doch vom Gefühl nicht lassen kann, dass sich ihm unendlich mehr Möglichkeiten offenbaren. Ich schalte die Selbstzensur aus, nehme ich mir vor, weil ich nie ehrlicher zu mir selbst sein wollte, als jetzt, in diesen Momenten.

Wir haben den Weg abseits vom Brenner zur Überquerung der österreichisch-italienischen Grenze gewählt, weil uns dazu geraten wurde. Wollten wir über den Brenner weiter, so der alte Mann, Heimo, so hatte er sich in der Konditorei in St. Jodok am Brenner vorgestellt, verschwörerisch, sollten wir unser Glück östlich oder westlich des Passes über die grüne Grenze versuchen.

»Illegal oder wie?«, lachte ich und Moritz lachte ebenfalls. Vor einer Woche noch hätte er sich besorgt gezeigt, etwas Verbotenes zu tun. Unsere Reise zeigte Wirkung.

»Das hast du gesagt«, sagte der Mann mit dem buschigen Fernfahrerbart. In diesen Zeiten würde er sich den Weg nach Süden nicht antun, sagte er. Und schon gar nicht über die Autobahn und den Brenner selbst, schloss er, um dann von der Schönheit der Berge und vor allem von der Wildspitze an der Grenze zu Italien zu reden. Da versuchten wir schon, ihn zu ignorieren.

Als wir aufstanden, fragte Moritz ihn nach den Elefantengasthäusern. Er sah uns lange an, dann noch einmal Moritz, der ihm unbekümmert standhielt. Wir setzten uns wieder. Ich wurde schon ganz nervös, weil ich natürlich mehr hinter all dem geheimnisvollen Getue vermutete. Der Alte wusste etwas, so viel stand für mich fest, es war da etwas, seit wir nach Tirol gekommen waren, das mich noch viel mehr in dieser Reise bestärkte, etwas von einem Verständnis oder einem lächelnd-wissenden Gutheißen eines verrückten Plans. Das Traurige an diesem Gedanken war letztlich nur, dass es, banal gesagt, verrückt war, mit dem neunjährigen Kind eine solche Reise zu unternehmen. Oder eher mit einem zornigen jungen Mann, wie ich aus den Augenwinkeln beobachten musste. Moritz schien mit jedem Tag der Reise erwachsener zu werden. Das beunruhigte mich, trotz der vielleicht auch nur eingebildeten Unterstützung durch Leute wie Heimo. Wusste dieser alte Zausel etwas, das mir unter Umständen würde weiterhelfen können?

Heimo zündete sich noch eine Zigarette an, sah wieder zu mir und zuckte mit den Schultern. Er wusste das, was alle wussten, es fielen die Stichwörter Hotel Auer in Südtirol, ein Hotel in Innsbruck, von dem man sich wenig erwarten dürfe, österreichischer Kaiser und das letztlich unglücklich früh in Wien verstorbene Tier. Das war nicht wenig, aber ich merkte deutlich, dass er mich für einen Verrückten hielt, der ihn noch dazu enttäuschte. Mit Hinweisen über die Route, die uns ungesehen und sicher nach Italien bringen würde, trollten wir uns aus der Konditorei, gefühlt hinausgeworfen, aber trotzdem blieb die Ahnung, dass sich hinter der Fassade etwas verbergen wollte.

Daran muss ich denken, als ich im Zelt sitze, an die Steilwand, wenige Meter vor der italienischen Grenze auf etwa 2.300 Meter Seehöhe neben der Mäuerlscharte geduckt. Moritz schläft im Zelt nebenan noch tief und fest. Sein Zelt, das wir in einem Spezialshop in Innsbruck gefunden haben, völlig überteuert, aber leichteste Materialien, das sich also allerspätestens beim gestrigen Aufstieg völlig bezahlt gemacht hat, hat er sich selbst ausgesucht. Wenn Anna das bloß nie erfährt. Rückblickend ist unsere Reise bereits jetzt schon ein voller Erfolg.

Der schnelle Aufstieg über Schutt- und Geröllfelder gestern war nur möglich, weil ein Förster uns mitgenommen und am Fuß der Griesbergalm östlich des Brennerpasses, wo die Sill unter einer Kehre des Forstweges spektakulär ins Tal rauscht, ausgesetzt hat. Denn von dort dauerte es noch immer einen ganzen Tag lang bis wir den langsam sich hinauf mäandernden Fußweg bis knapp unter den Gipfel marschiert sind. Darauf bin ich stolz, auch wenn wir am späten Nachmittag dann schon so erschöpft waren, dass wir wortlos und ohne auch nur an den jeweils anderen denken zu können, unser Essen verschlungen haben und dann sofort eingeschlafen sind.

Auf dem kleinen Plateau aus Almrasen, das mit ungezählten faustgroßen, scharfen Steinen übersät ist, als hätte sich jemand den Spaß gemacht, sie möglichst gleichmäßig zu verteilen, haben wir unterhalb des Gipfels die Zelte aufgestellt, und von hier aus sehe ich, wie die Morgensonne im brüchigen Stein über uns Trennlinien scharf und zornig genau zeichnet, als würde sie ihn zerbrechen wollen. Diese Scherben, versteckt in den Felsnasen und ihren Schatten, kommen mir unheimlich und gefährlich vor, sie verstecken unliebsame Überraschungen vor mir, vor uns. Bei einem derart heißen Sommer, wie wir ihn gestern erlebt haben, hätte ich mir die winterlichen Verhältnisse der Elefantenreise gewünscht. Auch wenn es schwer vorstellbar ist, begleitete der Kaiser damals in der Mitte des 16. Jahrhunderts seine Truppe die ganze Strecke. Einmal Teil des Team Maximilian sein, sagte ich, aber mehr und mehr sehe ich, dass Moritz schon lange zu alt für diesen Jugend-Speak ist. Im Dezember 1551 kam der Tross in Bozen an und reiste durchs Eisacktal nach Brixen, alles Plätze, die wir auf unserer Reise noch vor uns haben, und die wir uns genau ansehen werden. Irgendwo in dieser Gegend machten sie eine längere Pause, wohl wegen des Wetters, würde ich annehmen, und marschierten dann weiter über den Brenner nach Innsbruck. Wo wir gerade herkommen.

Es sind diese Momente des Erinnerns wertvoll für die Reise selbst, denn ich merke, dass mir das eigentliche Ziel dieses Unternehmens immer öfter aus dem Fokus gerät. Und während ich hier schreibe, glaube ich zu verstehen, dass ich tatsächlich kaum unvorbereiteter sein könnte für meinen Beruf. Banale Erkenntnisse, geschichtliche Ereignisse, Gefühlsregungen oder wohl in Wirklichkeit jede vorstellbare menschliche Handlung überfallen mich wie ein Steinschlag, und lassen mich erstarrt zurück. Und manchmal den Tränen nahe.

Warum fühle ich bei der Vorstellung, dass ein aufsehenerregender Zug an Menschen und Tieren vor vierhundert, fünfhundert Jahren hier vorbeigekommen ist, überhaupt etwas anderes als blankes Interesse? Erfühle etwas, wie man etwas erlebt und ertastet, anstatt sich von Anfang an bewusst zu machen, dass Gefühltes wertlos ist. Nein, Interesse ist da keins, nicht einmal Langeweile, stattdessen erlaube ich mir hinter allem und jedem ein Geheimnis zu vermuten. Es bleibt mir ein Rätsel, warum mir schon der Trend einer Menschlichkeit (ich meine: menschliche Entwicklung), der so fragil ist, dass er sich nur vermuten lässt, näher ist als, ich sagte es schon, das banale Ereignis.

Da bemerke ich, wie wichtig es ist, dieses Reisetagebuch zu führen. Wie wichtig es auch ist, sich die Zeit dafür zu nehmen. Heute ist der Tag nach, ich muss es tatsächlich an den Fingern nachzählen, drei Tagen also, an dem ich Zeit dafür finde. Wie schwer es doch ist, nahe am Geschehen und dem Erlebten gegenüber neutral zu bleiben. Jetzt muss ich mich nicht mehr überreden, weiterzuschreiben. Aber leider kommt mir zugleich, ich muss mich allerdings zu diesem Eingeständnis zwingen, der zurückgelegte Weg nun nicht mehr so erfolgreich vor. Vor allem, wenn ich an vorgestern denke. Ich mag mich gar nicht an den Streit erinnern, eine Banalität, mehr nicht. Ebenso wenig ist es uns allerdings gelungen, etwas ernsthaft Neues an den für diese Reise geplanten Stationen, den Elefantengasthäusern, herauszufinden.

Wie dumm es doch ist, zu erkennen, dass mir, oder uns beiden, der Zugriff auf die Zeit genommen ist! Von den vergangenen drei Tagen ist nicht viel mehr geblieben als die Empfindung und Erinnerung an Wartezeiten, einzelne Fußmärsche und, erstaunlicherweise kommt mir das erst jetzt so vor, in diesem Moment, als ich es niederschreibe, die Vorstellung, dass es Moritz gewesen ist, der uns zu Schnelligkeit angetrieben hat. Ist das wirklich so gewesen?

Ja, wir haben den früheren »Gasthof Elefant« in Innsbruck gesehen, ein zwei- oder dreistöckiges graues Gebäude, in dessen Fassade ein schwarzes Erinnerungsmal gesetzt ist, direkt am Inn gelegen, im Hintergrund die riesigen, die Stadt einschließenden Berge, wie es in Tirol nirgendwo anders ist. In diesem Haus befindet sich nun eine Eltern-Baby-Praxis, die, ich muss es gestehen, der Anlass für unseren Streit gewesen ist: Verständlicherweise reagierte Moritz wenig begeistert über meinen dummen Scherz. Welcher Neunjährige würde auch gerne in die Nähe von Babys gerückt werden. Meine Entschuldigung hat er erst am folgenden Tag angenommen, und das nur nach langem Bitten.

Moritz hatte schon zum Aufbruch gedrängt, als wir noch vor dem alten Gasthof gestanden waren. Zornig, wie ich ihn nie erlebt hatte, so wie er sich überhaupt (das ist mir auf dieser Reise schon auf vielen verschiedenen Stationen aufgefallen) sehr verändert hat. Er scheint größer, stärker und kräftiger geworden zu sein. Insgeheim bin ich unendlich stolz auf ihn und würde ihm das gerne sagen. Vielleicht spreche ich es aus, wenn er aufgestanden ist.

Aber alle diese Erkenntnisse lassen auf sich warten, nie sind sie im Moment, wo es notwendig wäre, abrufbar gewesen. Immer erst später und immer erst im Akt des Niederschreibens der Erinnerungen überrollt mich eine Welle der Rührung.

Vielleicht habe ich einen Sonnenstich.

Auch wenn der gestrige Tag viel zu heiß war für einen solchen Aufstieg, ist es mir doch lieber, mich in der Sonne zu bewegen, gestehe ich. Nebel oder Regen gar würden unsere Reise unnötig gefährden. Nicht nur das, ein schlechtes Wetter könnte aufdecken, wie wir uns tatsächlich fühlen. Das ist nicht viel mehr als eine Ahnung. Ich hoffe, dass ich meinen Sohn nicht übermäßig angestrengt habe.

Die Sonne hat sich nun ganz über den Horizont gestemmt, sie wärmt das Gesicht, da verstehe ich, dass die dunklen Flecken im Fels über mir nur die Überbleibsel der Nacht gewesen sind, eine Täuschung, der ich vorhin aufgesessen bin, weil es rund um uns herum noch dunkles Morgengrauen war. Jetzt aber bin ich mutiger, lächle ich, jetzt würde ich in die dunklen Ecken auch hineingreifen, sogar hinauf zu ihnen klettern.

Ich richte mich auf, alles das, meine Gedanken, die ja auch etwas bedeuten und einen Sinn ergeben, muss ich Moritz erzählen, und so krieche ich aus dem Zelt. Der Wind ist noch viel stärker, als ich vorhin gedacht habe. Ich gehe in kurzen Hosen hinter das Zelt und erstarre vor Schreck. Mein Zelt steht allein auf dem Plateau. Moritz und sein Zelt sind verschwunden. Der Mund steht mir offen.

Zum vielleicht ersten Mal in meinem Leben frage ich mich, was da noch alles kommen wird. Ja, es stimmt, dass ich mich nie dagegen gewehrt habe, was sich vor mir aufgetan hat, ich bin ungeübt im Widerstand, sich gegen Unbekanntes aufzulehnen erscheint mir als ein unvorstellbarer Kraftakt. Ich wüsste auch gar nicht genau, was jetzt zu tun ist.

Ein enormes Schuldgefühl und -bewusstsein überrollt mich. Der Schreck, das ist nur die fürchterliche erste Zehntelsekunde. Die Schuld und die daraus resultierende Lähmung ist alles danach. Schon spinne ich Ausreden, Ablenkungsmanöver, will Anna gar nicht über sein Verschwinden unterrichten und mache dabei doch lange Minuten nichts von all dem vorgestellten Nichtstun. Ich stehe vor dem Platz, auf dem ich meinem Sohn vor wenigen Stunden noch das Zelt aufgestellt habe. Zwar wollte er es selbst aufbauen, das weiß ich noch genau, aber ich musste die Dinge selbst in die Hand nehmen. Als wäre es nie dagestanden, das kurze borstige Gras hat sich entweder wiederaufgerichtet oder es wurde nie niedergedrückt. Unter meinem Zelt dagegen: das Gras liegt flach am Boden. Moritz muss vor längerer Zeit gegangen sein. Aber wohin kann das Kind verschwunden sein? Den Weg zurück wohl kaum, oder?

☆

Ich war, ich weiß nicht wie lange, dagestanden und hatte mit geschlossenen Augen auf den heißen Sommerwind gewartet. Doch die Sonne vertrieb den Wind und das Morgengrauen, die Lage beruhigte sich. Ich musste kühl bleiben und Moritz wiederfinden. Dazu musste ich als erstes Anna informieren, guten Willen zeigen, ich war wild entschlossen, jetzt alles richtig zu machen. Doch die Scharte zwischen den zwei Gipfeln an der Grenze zum Nachbarstaat stellte ein Hindernis dar, ich hatte keinen Empfang, ich konnte nicht einmal ein SMS abschicken! Welcher Neunjährige außer meinem hat heute noch kein Handy, ich verfluchte mich, hätte ihm jetzt gerne eine prägnante Botschaft zukommen lassen: Wo bist du?

Ich war auf mich allein gestellt und irgendetwas sagte mir, dass Moritz weitergegangen war, den Weg durch das steile Geröllfeld nach Italien hinunter.

Der Neunjährige, der mit mir vor einigen Tagen aufgebrochen war (je länger ich in diesem Blog schreibe, desto mehr wird mir der Wert von Notizen bewusst), der wäre zurückgegangen, aber Moritz hatte sich noch viel mehr verändert, als es mir bis dahin bewusst gewesen war. War es verrückt, dass dieser kleine Bursche, der mir immerhin schon bis knapp unter meine Brust reichte, solche Berge zu besteigen in der Lage war? Nein, war es nicht, hatte ich mit Bestimmtheit gesagt, die Sachen zusammengepackt, ein letztes Mal unseren Weg herauf betrachtet, etwas, das sich tatsächlich wie ein Abschied anfühlte (von wem nur, von Anna? Von meinem bisherigen Leben? Von Österreich?) und war meinem Sohn nachgeeilt.

Der Weg führte zuerst den Grat, die Staatsgrenze entlang genau nach Süden, hier konnte ich beinahe schon laufen, um dann abrupt nach Westen und steil in die Tiefe abzusteigen, zurück ins Brennertal. Es dämmerte mir, dass Moritz sich sein Zelt, das leichteste, das zu haben war, mit Bedacht ausgesucht hatte.

Ich wusste, hatte es immer gewusst, um die Kraft des alleine Gehens, wenn die Gedanken sich zu regen beginnen, endlich befreit sind und im Trott sich stärker und immer stärker fühlen. Doch mit jedem Schritt schienen sich die Sorgen zu vermehren. Es war anders gekommen, als ich es mir erhofft hatte: Die monotone Bewegung hatte ganz im Gegenteil wenig bis gar keine beruhigende Wirkung mehr auf mich. Also lief ich schneller, rannte die Kehren im Geröllfeld hinunter, damit die Zeit schneller vergehen möge.

Ich schämte mich. Weiter unten sah ich die verlassene Almhütte, von der der alte Mann in St. Jodok gesprochen hatte. Die nächste bewirtschaftete Hütte befand sich auf der Postalm, gute 800 Meter unter mir, versteckt zwischen den Bäumen.

Der Weg teilte sich, ich ließ die Abzweigung zur Luegeralm passieren, lachte über den Zufall, was einem im Leben alles begegnet, woran einer zu denken gezwungen scheint. Aber es gibt in dieser Lage, wenn einer erst erkannt hat, wie alles ineinander zu wirken beginnt, keine Zufälle mehr, das war mir zu diesem Zeitpunkt längst klargeworden. Ich kam also mit der fürchterlichen Schotterwüste dort drüben, ein Ödland gegen das mein Weg eine grüne Oase war, nicht in Berührung.

Immer hatte ich uns so wie das Raubvogelpaar gesehen, das da schweigend über dem Tal kreiste, einer der beiden Vögel bewegte die Flügelspitzen elegant mit einem Flappen, das niemand hörte. Aber Anna und ich, wir waren das nicht. Weder Raubtier noch gemeinsam unterwegs, in welchem Einverständnis auch immer. Ich erinnerte mich an den belanglosen, vielleicht auch geschmacklosen Witz, den ein Kollege vom Institut für Alte Geschichte bei der 650-Jahresfeier der Uni gemacht hatte, indem er Anna mit der glücklosen Anna Angelina und mit mich mit deren Mann, dem byzantinischen Kaiser Theodor, verglichen hatte. Ich hatte nicht einmal zu verstehen versucht, was er damit gemeint hatte, Anna jedoch hatte sich hinreißen lassen, sich die Details der Ehe mit dem mehr oder weniger glücklosen Herrscher genüsslich nacherzählen lassen, nur um mir dann bei jeder passenden Gelegenheit die große Wahrscheinlichkeit vorzuhalten, mit der eine andere ihr nachfolgen würde. Meine Anna duldet da keinen Widerspruch: ein Scherz ist dazu da, bis aufs letzte ausgereizt zu werden. Umso entgegenkommender ist sie allerdings auch, wenn aus diesem blöden Witz ein Streit entstehen sollte, was einmal der Fall gewesen ist.

»Entschuldige«, hatte sie gesagt, meine Hand genommen, in ihre gelegt und mit der anderen eine Faust aus meiner gemacht, »ich wollte dich nicht so sehr ärgern, weil es ja auch nichts gibt, worüber man sich bei so einem Blödsinn ärgern könnte.«

»Ich möchte aber einfach nicht an dieses Arschloch erinnert werden. Verstehst du das nicht? Ich fühle mich angegriffen von ihm, nicht von dir, von ihm, einem Kollegenschwein, der sich über mich lustig macht.«

»Er macht sich doch nicht über dich lustig, er beneidet dich um deinen Lebensentwurf. Nicht, dass du es besser getroffen haben könntest, nein, es geht ihm ums Prinzip, dass jemand überhaupt einen anderen Lebensentwurf haben könnte!«

»Na ja«, hatte ich ihr zugestehen wollen, »wenn es so wäre, dann ist seine eigene Biographie damit natürlich gefährdet.«

»Sieh es doch so«, hatte sie mich unterbrochen, »er beneidet uns nicht um unser schönes Kind, weil er keines hat und seine Frau eine alte Schreckschraube ist, mit der man auch keines machen wollte, er fürchtet in Wirklichkeit nur, dass er eine Entscheidung übersehen hat, an irgendeiner Stelle falsch abgebogen ist. Es geht ihm also gar nicht um dich oder uns, es geht ihm nur um sich selbst. Er hat sich, wenn man's genau nehmen will, über sich selbst lustig gemacht.«

»Weil er übersieht, dass der moderne Glaube, sich alles offenhalten zu können, jeder Möglichkeit prinzipiell die gleiche Chance auf Wirklichkeit zuzugestehen, eine Illusion sein könnte.«

Sie hatte genickt.

»Aber«, hatte ich geschlossen, »das ist natürlich auch die Enttäuschung darüber, sich vielleicht einmal nicht entschieden zu haben. Darüber, dass es so etwas wie Determinismus geben kann, Weichen, die sich nicht nach jeder Station neu stellen lassen.«

»Das musste ja so kommen«, hatte sie geseufzt, »mach dir keine Gedanken, Theo, ich werde immer an deiner Seite sein, Anna Angelina oder nicht, du entkommst mir nicht.« Eine gefährliche Drohung.

Tatsächlich habe ich vergessen, ob die Ehe des Kaiserpaars wirklich so unglücklich gewesen ist (damals wird, ich nehme das an, Unglück noch viel mehr eine relative Kategorie gewesen sein), mit Frank, mir fiel der Name des Kollegen ein, hatte ich nie wieder ein Wort geredet, was diesem allerdings auch nicht weiter aufgefallen war. Er hatte sich mehr für Anna interessiert gehabt, die längst vergangene oder die reale, die immerhin meine Frau ist, ich wusste nicht, welche ihn mehr fasziniert hatte.

Doch so ist der Weg, den die Erinnerung nimmt: Ich muss nun an Thessaloniki denken, die Stadt in Griechenland, in der ich vor Jahren einen Vortrag gehalten habe, ich erinnere mich an den sympathischen Fremdenführer, viel mehr als an die Stadt selbst, der uns eine ausgewählte Tour durch die Stadt lieferte, abseits der üblichen Pfade, denn, und das ist einer der wenigen Vorteile, den meine Arbeit mit sich bringt, an fremden Orten werden wir Kulturwissenschaftler immer gerne als Experten empfangen und die Türen zu den Schatzkammern der Geschichte geöffnet, viel eher als dieses Glück den normalen Touristen zuteilwerden könnte. Thessaloniki war ein Glück gewesen, ich hatte eine beinahe faule Zitrone (ich war zu Herbstbeginn dort gewesen) von einem der Bäume, die die Straßen entlang der alten Ausgrabungsstätten säumten, gepflückt und ihre Kerne zu Hause in Wien eingepflanzt. Und da dämmert es mir, dass ich Anna eine Ansichtskarte geschickt hatte, die sie nach meiner Ankunft mit keinem Wort erwähnt hatte. Ich bin entsetzt, wie genau ich mich erinnern kann und wie mir die Tatsache, dass ich auf der Karte lachend mit Theodor I. Laskaris unterschrieben hatte, all die Jahre entgangen ist. Ob aus dem Kern jemals eine Pflanze geworden ist? Ich kann mich nicht erinnern.

Tatsächlich hat Anna auch jetzt bereits seit zwei Tagen nicht mehr angerufen und ich habe es aufgegeben, sie zu erreichen.

Wir sind nicht mehr gemeinsam unterwegs und ich kann mir auch nicht vorstellen, es wieder zu sein. Oder ist es so, dass ich mich von üblen Erinnerungen an mich selbst leiten lasse? Aber, das erkenne ich jetzt, ich habe mir nie so wirklich vorstellen können, was mich mit Anna verbindet. Vielleicht haben wir uns vor Jahren zum ersten

Mal getroffen und uns von da an jeden Tag weiter voneinander entfernt.

Eine Möglichkeit besteht aber noch: Ich werde mich ganz fürchterlich um sie bemühen müssen. Es liegt an mir, weil es um mich geht, ich kann nicht für sie sprechen, nur für mich. Wenn ich will, dass das noch einmal etwas wird, dann wartet bei meiner Rückkehr viel Arbeit auf mich.

Und doch, nach einiger Zeit konnte ich trotz aller Bedenken nicht abstreiten, dass der Abstieg auch unter diesen Umständen (Eile, Sorge, Müdigkeit) angenehmer als der Aufstieg, ja als die gesamte Reise bis hierher in Wirklichkeit war. Stur setzte ich Fuß um Fuß nach vorn und hinunter und als ich dann in einen gewissen Trott geraten war, begann ich auch meine direkte Umgebung näher zu spüren und zu erfahren. Jeder Schritt, so schien es, brachte mich in neue Luftschichten, in die ich eintauchte, sie am liebsten mit Händen gegriffen hätte, die Gerüche veränderten sich fortwährend, und so ging ich hinein und tiefer und weiter und ehe ich mich versah, stapfte ich in einem kontemplativen Rauschen aus Gedanken, Erfahrungen und Erinnerungen und begann mich wieder zu beruhigen.

Seltsam, dachte ich da, dass mir das gerade jetzt gelingen will, der Sohn davongelaufen, selbst zu feige, um zu Hause anzurufen, im Wissen, dass durchaus die Möglichkeit bestand, dass Moritz den Abstieg auf der österreichischen Seite gewagt haben könnte und ich nun eine umso größere Distanz zwischen uns gebracht hätte. Ich sah wieder aufs Handy, das Ding konnte sich vor lauter

Empfang gar nicht entscheiden, welchen italienischen Anbieter es gerade benützen wollte. Alte Grundregel in Italien: am Flughafen ausschließlich TIM, überall anders Wind, warum auch immer. Doch jetzt hätte ich über Vodafone schnell und jederzeit mit Anna reden können.

Erst in diesem Moment dachte ich das erste Mal an die Möglichkeit eines Unfalls. Was sich im Nachhinein, wenn auch unter großer Verwunderung über so viel Naivität, so banal und beinahe ausdruckslos hinschreiben lässt, entsprach doch den ersten Sekunden dieser Erkenntnis: Ich erschrak nicht einmal bei dem Gedanken, dass Moritz abgestürzt, verschwunden sein könnte. Ich blieb stehen, die Hände zitterten, als ich mir eine Zigarette anzündete. Dann setzte ich mich, um zu überlegen.

Doch das Überlegen, soviel hatte ich bis dahin schon verstanden, wollte nur im Gehen gelingen. Es hatte seine guten Seiten, alleine unterwegs zu sein, auch wenn es unter diesen Umständen geschah. Ich war mir sicher, dass Moritz nichts zugestoßen war, dass er vielmehr ganz einfach davongelaufen war.

Nach wenigen Schritten hatte ich mich entschlossen: sollten die Bewirtschafter der Hütte auf der Postalm niemanden gesehen haben, auf den Moritz' Beschreibung annähernd passte, würde ich schnurstracks nach Österreich zurückfahren und ihn dort hinter dem Brenner abfangen. Ich beeilte mich noch einmal mehr.

Als ich die Hütte erreichte, war es trotzdem bereits nach zehn Uhr. Ich war in einen leichten Nebel geraten, aber die Schönheit und vor allem körperliche Tüchtigkeit der vier jungen Menschen, zwei Paare, die da in der Vormittagskühle vor dem gedrungenen Haus standen und sich ganz offensichtlich in ihrer Sportkleidung aufwärmten, konnte er nicht überdecken. Schon aus der Ferne leuchtete die Kleidung zu mir her, es hatte sogar den Anschein, dass jetzt, wo sie im Sonnenlicht keinen Konkurrenten mehr hatten, die vier umso mehr glänzten, schienen, mir mit dem demonstrativen Nicht-Starren eine ganz besonders unangenehme Form der Neugier entgegenbrachten, als ich schließlich nähergekommen und stehengeblieben war. Die beiden Mädchen waren größer als die Burschen, alle waren wohl um die 18 Jahre alt und sehr mit sich selbst beschäftigt.

Was hatte ich mir erwartet? Ich weiß es nicht.

Was ich dagegen sicherlich nicht erwartet hatte, war die Respektlosigkeit, die mir von mindestens einem der Typen entgegengebracht wurde. Und die unangenehmen Gefühle, die mein Erscheinen bei den Leuten hervorrief. Ich war verschwitzt und die Sorgen, die ich doch als eine Spannung vor dem alles entscheidenden Moment hier in der Hütte verstanden wissen wollte, waren mir wohl deutlich anzusehen. Ja, ich war zwar nicht der heruntergekommene Fremde, der die schönen Menschen störte, aber ich war die Minderheit, die sich alleine auf sich gestellt der Mehrheit ausgesetzt sah. Ich betrat die Holzstufen und der erste der jungen Burschen drehte sich um, übersah mich mit Absicht und rempelte mich an, sodass ich mich am Geländer festhalten musste, um nicht zu fallen, während er bedachtsam weiter und hinter die Hütte schritt. Ich war fassungslos und erstaunt.

Die beiden Frauen hatten sich nicht einmal umgedreht. Der Vorfall schien mir gut abgesprochen zu sein. Hatte nicht schließlich sogar ich, ohne von dem Plan zu wissen, genauso reagiert, wie die vier das geplant gehabt hatten? Wie ein geprügelter Hund?

Ich ging in die Hütte hinein.

Eine Frau in meinem Alter kam mir sogleich entgegen, als hätte sie den Vorfall mitbekommen. Es war naturgemäß dunkel und ich musste den Kopf einziehen, es gab zwei Tische, Platz für mindestens acht Personen, die von jeweils einer Person besetzt waren. Im Gesicht der Frau sah ich meine eigenen Sorgen widergespiegelt, sie war mir also prinzipiell sympathisch. Sie begrüßte mich auf Deutsch.

»Setzen Sie sich erst einmal hin«, kam sie mir zuvor, als ich schon angesetzt hatte, um nach Moritz zu fragen. Sie schien etwas zu wissen.

Sie brachte mir einen Kaffee und ein Glas Mineralwasser, das ich beides nicht bestellt hatte. Dann erst ließ sie mich nach Moritz fragen und ich beschrieb ihn im Detail.

Doch sie hatte niemanden gesehen, auf den diese Beschreibung zutreffen würde. Dabei wären gerade heute viele Leute unterwegs und bei der Hütte gewesen. Sie ging, ihren Mann zu fragen, und ihre Nähe und Freundlichkeit, als sie mir ihre Hand dabei auf die Schulter legte, rührte mich sehr. Als sie zurückkam sah ich, dass sie stark humpelte und ich wunderte mich darüber, dass mir das vorher nicht aufgefallen war.

Ihr Mann allerdings hatte einen jungen Burschen vor einer, höchstens zwei Stunden gesehen. Dieser hatte nach dem Weg gefragt und war, da er es eilig gehabt hatte, von der Tochter, die sowieso gerade auf dem Weg ins Tal gewesen war, im Auto mitgenommen worden.

Ich hätte ihn am liebsten umarmt, aber dazu war er zu breit, zu abweisend und letztendlich nicht im Geringsten an mir interessiert. Ich würde auf seine Tochter warten müssen, nur sie konnte wissen, wohin Moritz sich im Tal gewandt hatte. Ich fluchte und beide sahen sie mich irritiert an. Damit hatten sie nicht gerechnet.

»Wir könnten sie anrufen«, schlug die Frau vor, sie sah von mir zu ihrem Mann und wieder zu mir zurück. Ich schämte mich, bat sie das zu machen, doch die Tochter hob auch beim dritten Versuch nicht ab. Das gespannte Warten auf den Rückruf wurde nur einmal unterbrochen, als ich mich im Spiegel auf den Toiletten beinahe nicht mehr wiedererkennen wollte. Die Erschöpfung und Angst um Moritz, ja überhaupt um so vieles, das mich an den Rand drängte, diese nagenden Sorgen um beinahe alles, verbunden mit dem Wissen, dass ich doch noch nicht einmal bereit war, mich um die naheliegendsten Probleme zu kümmern – Arbeit, Beziehung, Gesundheit – waren mir deutlich anzusehen. Gerade die Gesundheit, dieses zweischneidige Ding, das einem zur Pflege und Schonung aufgezwungen worden war, machte auf mich keinen guten Eindruck.

Ich sah, das musste ich zugeben, während ich mich im schlechten Licht betrachtete, alt aus, älter als ich mich fühlte. Und ich fühlte mich in diesem Moment nicht besonders gut, das ergibt sich zwingend aus dem bisher Gesagten.

Da hörte ich es aus dem großen Raum laut italienisch reden.

Eine junge Frau stand vor der Wirtin, das war die Tochter, die Moritz ins Tal gebracht hatte. Ich erfuhr unter selbstbewussten Entschuldigungen, dass Mariella Moritz an der italienischen Seite des Brenners abgesetzt hatte. Moritz wäre, sagte sie, unterwegs weiter in den Süden gewesen. Aber dass das nur eine Annahme wäre, er hätte das nicht so gesagt.

Wie sie einen Neunjährigen einfach so hätte mitnehmen können, ihn dann schlimmer noch, in einen Bus hätte steigen lassen, der noch dazu nicht einmal in seine Heimat, sondern genau in die entgegengesetzte Richtung fuhr! Die Mutter korrigierte meinen scheinbaren Fehler: »Neunzehn«, sagte sie, »er meint neunzehn!« Und ich sah, dass das nicht notwendig gewesen wäre: Mariella hatte mich schon stillschweigend korrigiert, sie zeigte kein Schuldbewusstsein, es schien beinahe so, als glaubte sie tatsächlich, dass sie mit einem Gleichaltrigen unterwegs gewesen wäre.

Ich hatte, als ich in die Gaststube zurückgekommen war, nicht alles verstanden, was die Mutter gesagt hatte. Hatte sie mich als den Vater von Moritz vorgestellt? In den Zügen der Tochter hatte ich Belustigung und Interesse gelesen, ich fühlte mich neugierig betrachtet. Ich sah wieder zur Mutter, die mich nun schon viel weniger freundlich als vorhin musterte.

Ich bedankte mich und wollte aufstehen, da es keinen Sinn mehr machte, weiter mit den beiden zu reden. Ich verstand nun die Blicke der Tochter, die selbst wohl neunzehn Jahre alt sein mochte, tatsächlich sah sie den jungen Leuten ähnlich, die mich bei meinem Auftauchen vor der Hütte so abweisend behandelt hatten, nur normaler, nicht so affig auf sich selbst fixiert. Ich verstand, dass sie meinen Sohn nicht nur sympathisch gefunden hatte, sie ihn wohl auch aus anderen Gründen mitgenommen hatte. Ich konnte mir selbst gar nicht glauben, was ich hier gerade zu verstehen begonnen hatte: etwas, an das ich noch kein einziges Mal gedacht hatte, dass mein Sohn einmal älter sein würde. Warum nur glaubte ich in diesem Moment, dem Lauf der Dinge vorgreifen zu müssen? Doch wirklich: ihre Blicke schienen zu sagen, dass sie ihn vermisste und dass sie mich sympathisch fand, weil ich sein Vater war.

Die Mutter dagegen verabschiedete sich schnell von mir, so wie so viele vor ihr in den letzten Tagen, begann auch sie mich zusehends als einen verdächtigen Faktor zu identifizieren. Sie ahnte wohl, dass an dieser Geschichte einiges nicht stimmte.

Da wurde mir klar, dass mich niemand ins Tal bringen würde und dass ich aber auf genau diese wertvolle Zeitersparnis gehofft hatte. Ich legte zu viel Geld auf den

Tisch, bedankte mich noch einmal und machte mich auf den Weg.

Je schneller, desto besser, dachte ich.

☆

Jetzt, wo ich am Bahnhof Brenner sitze und auf den Bus warte, der mich kurz nach ein Uhr weiter in Richtung Süden, vorerst einmal bis nach Brixen, bringen wird, bin ich verdammt froh, dass ich an Möglichkeiten glaube, dass ich mich nicht einsperren lasse von den Möglichkeiten, die im Verborgenen liegen, in den Erfahrungen, Sichtweisen, Geschichten und Bildern versteckt sind.

Was ich damit meine?

Gegenfrage: Kann es nicht in Wirklichkeit immer nur darum gehen, ständig weiter zu graben, Schicht für Schicht freizulegen, immer im Wissen, dass danach, dahinter also, immer eine weitere, neue Wahrheit liegen wird? Denn das ist's, woran ich jetzt gerade glaube, dass Wahrheit doch in Wirklichkeit nicht viel mehr als eine neue Möglichkeit ist, in einen Prozess einzugreifen.

Ein Glück für mich also, dass ich, als ich am Bahnhof angekommen war, mich zuerst in aller Ruhe hingesetzt hatte. Vielleicht ahnte ich, dass Moritz, so gut kenne ich ihn doch, sagte ich mir, wenige Stunden zuvor das Gleiche gemacht hatte. Warum auch nicht? Ich saß da, dachte über meine Lage nach und sah fassungslos auf den Bildschirm meines Telefons: die Elefanten-Facebookseite hatte eine Unzahl an Freundschaftsanfragen bekommen.

Ich scrollte weiter hinunter, erkannte niemanden, keine einzige mir bekannte Person, vielleicht, dass mich einzelne Namen an jemanden erinnerten, aber so geht es uns doch immer, wenn wir uns nicht sicher sind, wer uns gegenübersteht. Ich wusste mit diesen Angeboten, denn als solche kamen mir diese Anfragen vor, wenig anzufangen, verstand sie als das, was sie wohl in Wirklichkeit waren: mehr oder minder Selbstläufer, ein Wunsch, Interesse, viel weniger als Sympathie auszudrücken. Allerdings fragte ich mich, warum ich eigentlich zusätzlich zum Blog, der allein einen beträchtlichen Arbeitsaufwand verursachte, einen Facebook-Account angelegt hatte. Hätte nicht das eine oder andere allein schon genügt?

Noch einmal sah ich die Liste durch, mir war tatsächlich jede Person unbekannt: Frauen und Männer, alle in meinem Alter, soweit sich das von hier aus sagen ließ, alle sahen sie jeweils gleich aus wie der und die nächste. Ich begann die Freundschaften anzunehmen, arbeitete mich durch die Liste durch, bis ich auf einen Mann mit einem arabisch klingenden Namen stieß: der Mann aus dem Zug nach Deutschland, der Familienvater, neben dessen Kindern Moritz gesessen war. Ich sah mir sein Profilbild an, Hamid hatte seinen vorläufigen Aufenthaltsort mit Mainz festgelegt. Der Mann hatte ein Ziel vor Augen und einen klar strukturierten Weg vor sich, wie er dieses erreichen wollte. Ich beneidete ihn, nahm die Freundschaft an. Wie hatte der Typ mich bloß gefunden?

Ich schrak aus meinen Gedanken auf. Die hellblaue Plastiktonne neben meiner Bank wurde von einem orange gekleideten Mann ratternd zum Müllwagen geschoben.

Während der Italiener eifrig und effizient sein Handwerk verrichtete, der kopfüber geleerte Mülleimer sich schon wieder aus der Vertikalen herabsenkte, sah ich einen Kunststoffriemen in seinen Bauch zurück verschwinden. Diesen Riemen erkannte ich sofort als Teil von Moritz' Rucksack.

Der Mann wuchtete die Tonne auf ihren Platz neben meiner Bank. Ich blickte wieder starr nach vorne, wagte keine Bewegung, und erst als der Müllwagen sich wirklich aus meinem Blickfeld entfernt hatte, stand ich möglichst ohne Aufsehen zu erregen auf und riss den Deckel hoch: Tatsächlich, am Grund des Eimers lag der Rucksack, den ich gestern noch auf Moritz' Rücken gesehen hatte.

Ich griff hinein, zog am Riemen, doch der Rucksack wehrte sich. Er musste festkleben, hatte sich vielleicht verhakt. Ich ging einmal um den Mülleimer herum, nichts zu sehen, ich kniete nieder, hob ihn unter Mühen an, und da sah ich, dass die Schnalle des zweiten Riemens in einem Riss im Boden eingeklemmt war.

Eine Minute später hielt ich den verdreckten Rucksack meines Sohnes in den Händen. Er war leer und stank.

Ich setzte mich wieder hin. Die Leute, die mich beobachtet hatten, gingen nun wieder langsam weiter, manche drehten sich noch um, einmal, zweimal. Sie taten mich als Verrückten ab, vielleicht sah ich auch wirklich so aus.

Ich dachte nach und mir wurde klar, dass er sich einen neuen gekauft haben musste. Langsam und sehr genau betrachtete ich meine Umgebung, so wie Moritz sie nur Stunden zuvor analysiert haben musste. Was würde mein Sohn getan haben? Zu meiner rechten Seite der Bahnhof mit den vielen Leuten, Romafamilien, Rucksacktouristen, ein Bistro, vor dem vier unheimliche Gestalten mich gerade noch nicht beobachteten, am ehesten wohl Einheimische. Vor mir war ein Supermarkt: M-Preis, die besonders im westlichen Österreich zu finden sind, so auch in den salzburgischen Regionen, die ich da plötzlich vermisste. Weniger die Gegend selbst als das einfache Leben, dem ich in diesem Sommer mit meinem Sohn gemeinsam hatte entfliehen wollen, um einen Moment der Stille und der Übereinstimmung zu erhalten, dauerhaft zu konservieren, weil ich natürlich wusste, dass nichts für die Ewigkeit bestimmt ist. Ich wollte nicht mehr als die eine Geschichte, an die ich uns in der Zukunft, wenn wir uns vielleicht einmal nicht so gut verstehen würden, erinnern konnte.

Das hatte ich ja exzellent hingekriegt, wurde mir klar, so gut verstehst du dich mit deinem Sohn, dass er nach ein paar gemeinsam Tagen bereits das Weite gesucht hat. Ich stand auf und ging trotzig in den Markt auf der Suche nach jemandem, der Moritz gesehen haben könnte.

»Sie meinen den jungen Mann vom Vormittag, der einen Rucksack gesucht hat?«

Ich nickte ruhig, versuchte mir nichts anmerken zu lassen. Die verstörten Gesichter der zwei Frauen auf der Postalm vor zwei Stunden waren mir noch deutlich in Erinnerung.

»Ja, ja, ein junger Mann wollte heute schon einmal einen Wanderrucksack kaufen.«

»Ich brauch gar keinen Rucksack. Haben Sie ihm einen verkauft?«

»Nein, wir haben keine«, er wich meinem strengen Blick aus, »hab ihm nur gesagt, dass das Outlet Center Brenner da drüben Rucksäcke verkauft.« Er zeigte auf die rote Fassade in meinem Rücken über die Straße hinweg, aber ich ließ mich nicht ablenken.

»Und?«

Er sah wieder vom Bildschirm auf.

»Ist er von da über die Grenze nach Österreich gegangen?«

»Keine Ahnung.« Er zuckte mit den Schultern und dann noch einmal und wiederholte seine Worte.

»Wie hat er ausgesehen?«

»Na ja, so in etwa wie Sie gesagt haben: nicht ganz so jung, aber noch immer jünger als ich, vielleicht zwanzig oder so in die Richtung. Dunkle Haare, so als Typ irgendwie wie Sie, hätte Ihr Sohn sein können.« Er lachte.

»Okay, danke.«

»Suchen Sie ihn?«

Ich verließ den M-Preis kopfschüttelnd. So schlau wie davor. Ich fluchte wieder und rauchte zwei Zigaretten hintereinander. In dem Moment hätte ich gerne Anna angerufen, aber das wollte mir nicht recht gelingen. Sie hätte mir allerdings genauso wenig helfen können, wie ich selbst mir zu helfen wusste oder der Verkäufer hinter mir.

Also blieben mir nur weitere Befragungen im Outlet Center selbst. Plötzlich sah ich, dass der Verkäufer mit Einheimischen redete, die mich allesamt neugierig musterten. Eine ältere Frau, rund und dick wie ein Fass, zeigte unverhohlen auf mich. Da lachten alle, auf meine Kosten, der junge Angestellte mit marokkanischen Wurzeln, dessen fremdländisches Aussehen mir vorhin im Gespräch gar nicht so wirklich aufgefallen war, ja wie fremd er in Wirklichkeit von hier aus aussah, dieser junge Mann war besser integriert in diese Gemeinschaft als ich zu Hause, in Sonnseit oder eigentlich überall sonst auch.

Ich blickte an mir herab. Ich musste mich verändert haben in dieser kurzen Zeit, von der einstigen Respektperson, Akademiker, Wissenschaftler, Vater, vielleicht war von ihr nichts mehr geblieben. Ja, ich war mir nicht einmal sicher, ob ich mir das alles da vor dem M-Preis am Brenner nicht doch auch nur ein bisschen einbildete, die Blicke und Gesten, die ich doch als solche wahrnahm, einfach falsch deutete. Es hatte sich etwas in der Wahrnehmung verändert, und auf einmal hatte ich den Verdacht, dass es von nun an gegen mich gehen könnte.

Von einer unaussprechlichen Ahnung überfallen, riss ich mir meinen eigenen Rucksack vom Rücken. Ich hatte es schon die ganze Zeit gefühlt, aber nicht wahrgenommen, nicht weitergekommen mit dem Denken, dem Nachdenken darüber, dass hier irgendetwas nicht stimmen konnte. Hurtig holte ich alles heraus, bis es offensichtlich war: Moritz hatte unsere Unterlagen über die gemeinsame Reise mitgenommen! Nichts war mehr da, weder die handgestrickte Landkarte noch die Liste mit den Elefantengasthäusern. Der erste Schock über einen solchen Diebstahl, der vom Sohn am Vater begangen worden war, rückte schnell in den Hintergrund, als ich erkannte, dass ich nun über seinen Plan Bescheid wusste. Hinter mir im M-Preis telefonierte der junge Mann und musterte mich nun streng, so streng, wie er es sich davor in meiner Gegenwart nicht getraut hatte. Ich machte mich aus dem Staub und versteckte mich hinter dem kleinen Bahnhof und wartete auf meinen Bus. Endlich hatte ich eine Spur von Moritz gefunden.

Samstag, 21. Juli

Von Thomas Demand, diesem Wiederverwerter und Versteckspieler unter den Bildenden Künstlern, der so vieles Erinnertes in den Fotografien seiner Papier- und Kartonmodelle entdecken lässt, gibt es ein älteres Werk, das mich schon seit langem fasziniert: *Brennerautobahn*, das Foto einer aus Karton nachgebauten Kurve oder Brücke einer Autobahn. Wuchtig auf ihren in Wirklichkeit so filigranen Trägern über dem Tal thronend, lenkt sie dabei doch ab von dem, was unten ist: ein Fluss. Daran musste ich denken, als ich die A22, wie die Brennerautobahn auf der italienischen Seite heißt, in einem Bus in der letzten Sitzreihe nach Süden donnerte. Mir war nie klar gewesen, wo sich dieses Teilstück der Autobahn auf Demands Bild befinden hätte sollen. Jetzt wusste ich, dass es sich im Steilhang über einem Fluss, der Eisack, befand. Seltsam, dass mir auf diesem Foto immer nur das Straßenstück aufgefallen war und nie das, was unter ihm nicht mehr als nur zu erahnen war. Mir war übel von der Raserei, denn vom Fensterplatz aus, konnte ich erhöht sehen, wie tief es abseits der Straße hinunter ins Tal ging.

Vielleicht habe ich mich gestern auch nur zum ersten Mal gefragt, ob ich nicht doch auf dem falschen Weg bin, grundsätzlich falsch unterwegs, nicht nur, dass Moritz woanders sein könnte, nein, seit Jahren, seit dem Anfang im Zweifelsfall schon immer falsch gelegen bin. Das geht natürlich ins Fundamentale. Banal, aber fundamental.

Zusätzlich macht es mich völlig fertig, dass ich nicht in der Lage bin, einen vernünftigen Rhythmus in diese Reise zu bekommen. Ganz abgesehen davon, dass Moritz meine Karten und alle Unterlagen hat, selbst mit ihr wären wir, oder jetzt eben ich alleine, völlig verloren, stelle ich mir vor. Ich kann mich nicht mehr konzentrieren. Egal, worauf ich meine Achtung lenken will, eines führt sofort ins nächste und ich gelange nie dazu, einen Gedanken auch nur ansatzweise klar zu formulieren. Jedes Mal, wenn ich versuche, den Weg vor mir zu skizzieren, mich dazu zwinge, zucke ich zusammen: Meine Aufgabe ist es, Moritz wiederzufinden. Ich ermahne mich, dieses Ziel ja nicht aus den Augen zu verlieren. Auch wenn mir seit gestern klar ist, dass das eine das andere bedingt: Offenbar will Moritz mir bei den Elefantengasthäusern voran sein. Schließlich wird er sich die Unterlagen nicht ohne Grund genommen haben, oder?

Doch halt, durchfährt es mich dann wieder, ich habe vielleicht doch noch eine weitere Liste: Es ist ein Blatt Papier, DIN A4, einmal in der Mitte gefaltet, die Rückseite eines Ausdrucks eines Artikels über Benedict Anderson, den großen Wissenschaftler der *International Studies*. Dieser Artikel ist ja von mir, erinnere ich mich. Dieses Stück Papier müsste doch, und ja, hier ist es auch, im Frontfach meines Rucksacks aufbewahrt sein. Gut mitgedacht von mir. Darauf hat Moritz ein paar Orte notiert, abgeschrieben von meinem großen Plan. Er hat diese Notizen mit herzlich kindlichen Motiven versehen, natürlich dem Elefanten, einzelne Häuser, die jetzt so gar nicht mehr nach Gasthäusern aussehen, sind zu erkennen. Und doch, ja, mit dieser Liste könnte man auf zumindest einige Erinnerungsstätten an den Elefanten treffen: Das Hotel Elefant in Bozen und das Hotel Elephant in Brixen sehen besonders entzückend aus. Ich weiß allerdings nicht, warum er das eigentlich gemacht hat, er wollte mir wohl nacheifern. Ich bin sehr gerührt, viel mehr als noch vor zwei Wochen, muss ich gestehen. Wieder und wieder drehe ich das Blatt zwischen den Fingern. Es muss sich um eine Abschrift einer meiner ersten Skizzen für diese Reise handeln, die Moritz vielleicht, dämmert es mir da, für sich selbst erstellt hat. Tatsächlich kann ich mich in diesem Moment auch nicht daran erinnern, dass Moritz mir diese Liste als Geschenk übergeben hätte, eine gezeichnete Liste, wie wunderbar in Wirklichkeit. Auch zur Aufbewahrung wurde sie mir nie übertragen, erkenne ich, ich erinnere mich deutlich, dass ich sie mir einfach genommen habe. Sein Plan ist allerdings sehr unvollständig. Doch das ist ja auch kein großes Drama, zur Bestätigung dieser Vorstellung strecke ich mich wie eine Katze, es lässt sich alles im Detail im Internet finden, diese Reise war ja von Anfang an als etwas sehr Spontanes gedacht gewesen. Wenig Vorbereitung bedeutet immer auch der Kraft des Moments viel Entscheidungsbefugnis zuzugestehen. Ich werde mich einzig und allein in die Lage von Moritz hineinversetzen müssen und dann sollte es mir ein Leichtes sein, ihn nicht nur zu verfolgen, sondern an einer der nächsten Stationen unserer Reise wieder einzufangen. Noch einmal spanne ich den Windbreaker mit einem Strecken der Schultern und Oberarme. Alles an mir quietscht vor Zustimmung und Zuversicht. Ich beginne mit der Recherche im Internet und als ich vom Bildschirm aufsehe, fahren wir in Brixen ein.

☆

Ich sitze in der Konditorei Pupp mitten in Brixen und falte meine Notizen, die ich mir in der letzten Stunde im Internet zusammengesucht habe, drei Mal, bis sie in die Hosentasche passen. Zu meinem großen Vergnügen habe ich eine neue Website über die Reise des Elefanten Soliman gefunden. Ich lese darin, dass ich in den nächsten Tagen durch das Eisacktal weiter nach Süden in Richtung Bozen gehen werde. So ganz genau ist mir das bis jetzt nie bewusst gewesen. Ich nehme einen Schluck von meinem Caffè Latte, beschließe, dass es jetzt nach der Busfahrt vom Brenner herunter durch Sterzing und vorbei an der Franzensfeste durch das Wipptal morgen oder übermorgen zu Fuß nach Bozen weitergehen wird. Ich muss die Zeit nutzen, mich nun endlich dem ersten richtigen Elefantengasthof widmen. Ein Gefühl sagt mir, dass es sich beim Hotel Elephant in Brixen um eine der zentralen Lokalitäten dieser Reise handeln wird.

Was erwarte ich mir?

Ich erwarte mir Erkenntnisse darüber, wie Vergangenheit sich in der Erinnerung der Gegenwart auf den heutigen Menschen auswirkt, nicht mehr und nicht weniger. Was wird mit mir geschehen, wenn ich erst verstanden habe, was in diesen Gasthäusern wirklich passiert ist und was sie in der Lage sind, über diese Geschehnisse jetzt noch zu berichten?

Das Smartphone lädt an einer Steckdose, die ich in der Zwischenzeit als erstes suche, wenn ich ein Hotelzimmer oder Café betrete. Aber das tut mir gut, dass ich von diesem Ross heruntergeworfen bin, jetzt bin ich auf die erniedrigende Arbeit der Recherche, das klassische Handwerkszeug in meinem Beruf, zurückgeworfen. Und soll es nur noch unter diesen Bedingungen stattfinden, dann soll mir das auch recht sein. Irgendwie habe ich das Gefühl, wieder von vorne anfangen zu können, zu dürfen, unbeeinflusst von all den Sorgen, die einen die ganze Zeit begleiten. Ich vermisse Anna und rufe sie spontan an, doch sie hebt nicht ab.

Zu meiner Überraschung habe ich bis jetzt keinen Hinweis auf Moritz erhalten. Allerdings tut sich im Internet etwas Anderes, Größeres auf, das ich so nicht erwartet habe, mit dem nicht zu rechnen war, dass ich aber als irritierend lustig empfinde. Denn was ich mit Argwohn und doch auch Begeisterung verfolge, ist die Tatsache, dass ich ohne mein Zutun ein kleiner Star auf Facebook geworden bin. Innerhalb von wenigen Tagen besitze ich mehr als zweitausend Freunde, deren entsprechende Anfragen ich an den Abenden im Akkord bestätige – unmöglich, einen einzigen Kommentar, der hier geschrieben wird, ernsthaft auch nur zu lesen, geschweige denn darauf antworten. Was auch immer hier stattgefunden hat und noch immer stattfindet, es ist eine

Unmittelbarkeit entstanden, die mich, ich werte das als einen Erfolg, nicht von Vornherein abstößt, sondern ganz im Gegenteil, freundlich empfangen will, sich als eine besondere Erfahrung beinahe aufdrängen will. So wie schon bei den ersten Freundschaftsanfragen handelt es sich auch hier natürlich um mir unbekannte Menschen, ich muss mich ermahnen, hinter den Profilbildern keine Roboter zu vermuten. Alle wollen sie an unserer Reise teilhaben. Damit ist nicht zu rechnen gewesen und zögerlicher als sonst stelle ich diesen Text in den Blog. Es ist die Unmittelbarkeit, ich sagte es schon, die auf andere Leute anziehend wirkt, aber ich vermute, dass sie auch an Moritz und mir selbst und unserer Reise interessiert sind. Ich habe einen Nerv getroffen, wie man so sagt, und ich habe recht getan, dieses Reisetagebuch anderen Menschen so schnell zu Verfügung zu stellen. Zumindest die Fotostrecken auf Facebook.

Schnell lade ich noch ein paar dieser sensationellen Landschaftsbilder hinauf. »Jetzt einmal und in nächster Zeit öfters«, tippe ich langsam, »soll die Gegend sprechen.«

Muss ja keiner wissen, dass ich im Moment ohne den Sohn unterwegs bin. Noch ein Foto, das ich mir vor längerem schon, im Zuge der Reisevorbereitungen, in den entsprechenden Ordner gelegt habe: *Der Habicht*, dieser beeindruckende Spitz jenseits des Brenners in den Stubaier Alpen, könnte gestern auch für mich rein theoretisch sichtbar gewesen sein. Ich war natürlich nie dort, weder gestern noch jemals davor. Das Foto habe ich, wenn ich mich recht erinnere, auf einer privaten Website geklaut. Zur Sicherheit lösche ich den Namen des Bergs wieder, ersetze ihn mit einem pathetischen *Erhabene Majestät der Alpen*.

Montag, 23. Juli

Am 17. Dezember 1551 erreichte der Tross mit Maximilian und seinen Elefanten Soliman die Stadt Bozen, von dort ging die Reise zügig weiter durch das Eisacktal nach Brixen. Daran habe ich gedacht, als ich Brixen heute in der Früh verlassen habe. Der Kaiser hatte zwei Wochen Rast in dieser Stadt gemacht, bevor er über den Ort Sterzing und den Brenner am 7. Jänner 1552 schließlich Innsbruck erreichte. An meinem Geburtstag, ein lustiger Zufall, ohne jede Bedeutung, aber trotzdem musste ich lachen, als ich mich umdrehte und losging, in Richtung Süden.

Ebenso wie in den Städten zuvor, war auch die Brixner Bevölkerung wohl völlig entgeistert vor dem fremden Tier und seinem riesigen Gefolge gestanden, das da so kurz vor Weihnachten in ihrer Stadt einmarschierte. Meine Ankunft vorgestern war wesentlich unspektakulärer abgelaufen, wohl auch aus diesem Grund nahm ich mir das dortige Elefantengasthaus erst am Tag danach vor. Ich spazierte gestern Vormittag also zum »Hotel Elephant«, eines jener »Elefantenhäuser«, das bei meinen Recherchen immer wieder vorgekommen war, gespannt, ob Moritz schon vor mir da gewesen war. Aus der Ferne sah ich unter dem Giebel ein lachhaft kunstvoll gestaltetes Relief eines Elefanten an der Hauswand, über den aufgespannten Sonnenschirmen auf der Terrasse. Daneben, auf das alte Ziegeldach geschraubt, ein ebensolches Tier aus Metall? Leuchtstoffröhren? Der Elefant aus weiter Entfernung gut sichtbar. Eine Reklame wohl?

Die Überlieferung besagt, dass der damalige Wirt der Gaststätte »Am hohen Felde«, Andrä Posch, sein Haus bald nach der denkwürdigen Begegnung mit dem Elefanten in »Am Hellephanten« umtaufte und an der Hauswand ein seit damals hunderttausendfach bestauntes Fresko anbringen ließ: Auch ich stand mehr verdutzt als begeistert vor der rot verputzten Fassade und sah auf die seit der letzten Restaurierung schon wieder etwas verblassten Farben. Ich konnte mir auch gar nicht vorstellen, wer ein solches Kunstwerk damals erstellt haben könnte, nein, korrigierte ich mich gleich darauf, ich konnte mir nicht vorstellen, dass dieses Bildnis seit so langer Zeit unverändert, abgesehen von den üblicherweise nötigen Restaurierungen, hier geprangt hatte. Aber es löste nichts in mir aus. Ich sah mich beinahe als einen Spielverderber. Auf den Bildern, die ich bis jetzt davon gesehen hatte, war es hübscher und beeindruckender gewesen. Ich ging die paar Meter an der Hausmauer zurück und betrat den Empfangsbereich mit der festen Absicht, etwas über Moritz' Verbleib zu erfahren. Aber bevor ich zu Wort kommen konnte, bot mir ein junger Mann, schlecht verkleidet als ein Mozart, wie sie in Wien immer vor dem Stephansdom stehen, Eintrittskarten für das, wie er gelangweilt sagte, »einmalige Lichtspektakel« *Solimans Traum in der Hofburg Brixen* an. Da ich ein Wiener bin, lehnte ich unkonzentriert ab, um mich dann doch noch einmal zu ihm umzudrehen: Solimans Traum? Ich nahm ihm einen Flyer aus der Hand.

»Na ja, ist ja noch Zeit«, zügelte der nicht unsympathische Kerl meine Eile. Etwas in seinem Lächeln erinnerte mich an eine frechere Version von Moritz, nur dass er mit seinen vielleicht zwanzig Jahren älter war.

»Wieso, wann findet das denn statt?«

»Jetzt. Immer in den Ferien- und Urlaubszeiten.«

Ich machte ein paar Mal hm. Er drehte sich schon zu den nächsten Gästen um, ich sah meine Chancen schwinden. »Dann hat das Ganze wenig mit der wirklichen Geschichte zu tun!«

Er überflog den Flyer, als ob dort eine Antwort hätte sein können.

Neue Gäste, echte Gäste im Gegensatz zu mir, standen schon hinter ihm. »Also hält sich dieses Multimediaspektakel nicht an die geschichtliche Wahrheit. Das finde ich interessant, auch wenn es nur ein Touristenmagnet sein soll. Sehr interessant. Sagen Sie, junger Mann«, fragte ich, »welche Bedeutung hat der Elefant, der Zug des Elefanten für diese Gegend, und für Sie selbst?«

Drei Augenpaare starrten mich an. Das frisch hinzugekommene Ehepaar stieß kichernd die Ellbogen aneinander. Sie sahen aus wie Russen, aber man darf sich nicht täuschen und alle Touristen, die einem nicht passen, der Russenschaft verdächtigen. Sie sahen also völlig normal aus, die Frau hatte blonde Haare, Pagenkopf, und ein hübsches Sommerkleid an. Vom Mann nahm ich dann nichts mehr wahr.

»Das kann ich so nicht sagen. Aber ich habe die Show im letzten Jahr einmal gesehen. Sehenswert.« Er hielt mir noch einen Flyer hin, ich zeigte ihm meinen, er zog seine Hand wieder zurück.

»Worum geht es in der Show?«

Er überlegte, hätte er eine Antwort gewusst, er hätte sie mir gerne gesagt, aber so wich er meinem Starren aus und sah auf den Boden. Ich schnaufte enttäuscht. Dankbar drehte er sich zu dem Ehepaar um.

Sinnlos, etwas aus dem jungen Mann herausholen zu wollen. Ich gab auf und ging zur Rezeption. Ich schritt aus, denn genau so fühlte es sich an, als ich mich über den blauen Teppichboden bewegte, der jede meiner Bewegungen vorsichtig dämpfte und da wurde ich langsamer und erhob mich, richtete mich gerader auf, auch weil der Untergrund nicht sicher schien.

Ich fiel auf diese ganze Masche natürlich nicht herein und wenn doch, dann nur für einen Moment, dafür kannte ich diese italienischen Tagungshotels von Varese bis Siena zu gut. In so vielen hatte ich das immer wieder Gleiche erlebt, zwischen all dem billigen Marmor und unter Lustern, die sich zu gläsernen Flechten an riesigen Decken ausbreiten konnten. Die verdammten Seen im Norden des Landes und an jedem hunderte Hotels, die alle gleich sind, und in jedem war ich schon einmal drin gewesen. Wann eigentlich? Und in jedem See ist mindestens eine kleine Insel und alle wollten immer dort hin mit dem ewig gleichen Schiff, das immer zu selten fuhr. Trotzdem sah ich friedlich auf die junge Frau hinter der

Rezeption, die mich sofort auf Italienisch ansprach. Ich reagierte zu spät und so korrigierte sie ihren Fehler.

»Wie kann ich Ihnen helfen?«

Doch ich war auf Hilfe nicht vorbereitet gewesen. Ich wollte nach meinem Sohn fragen, ob er hier, in diesem Hotel gesehen worden war, ob ihn jemand kannte, ob mir jemand würde weiterhelfen können. Ich fühlte, wie Tränen in meine Augenwinkel traten.

Ich versuchte, mich zu orientieren, weil ich mich von einem Moment auf den anderen wie erschlagen fühlte. Blöder Ausdruck, dachte ich, aber hilfreich, ja überhaupt, der ganze Moment, blöd von Anfang an und doch unendlich hilfreich, weil ich nicht mehr weiterwusste! So also, dachte ich beinahe gut gelaunt, fühlt sich ein Schwächeanfall an. Ich hielt mich, wohl heftig schwankend, am schönen braunen Holz vor der hübschen Frau fest.

Was passierte hier mit mir? Ich konnte es mir selbst nicht anders erklären, als dass ich einen Ausweg gefunden hatte. Die Augen der Frau verfolgten mich schreckensweit. In ihrer blauen Uniform sah sie wie ein italienisches Mädchen bei einer dieser Paraden in Sommernächten in den Urlaubsorten aus, ja, tatsächlich, ich täuschte mich nicht, Goldborten an ihrer Schulter, oder war das etwas anderes?

Alles ist möglich, es gelang mir, die Zeit zu verlängern. Es war wie in der Schule, wenn eine Prüfung bevorstand, für die man nichts (oder zu wenig) gelernt hatte, es musste einem nur ein guter Ausweg einfallen, eine gute Geschichte, die die anderen glauben konnten.

Ich selbst hatte es oft genug bewiesen, wie leicht es war, damit durchzukommen. Warum hatte ich nicht schon viel früher an diese Möglichkeit gedacht!

Doch da holte mich die Wirklichkeit ein, ich verlor die Frau, die in der Zwischenzeit wohl hoffentlich ihren Sitzplatz hinter der Rezeption verlassen hatte, um mir zu helfen, aus den Augen und erlebte das erschreckende Gefühl, dass mein Kopf nach hinten oder zur Seite kippte. Vor meinen Augen sah ich einen großen Feuerball, es mochte die Vormittagssonne gewesen sein, die mich schon am Hinweg zum Hotel belästigt hatte, und in die ich nun möglicherweise sah. Aber das fällt mir erst jetzt im Nachhinein ein.

Dieser Feuerball glühte groß und freundlich und begann sich plötzlich von mir weg zu bewegen. Immer schneller und schneller entfernte er sich, wurde kleiner und gab Raum frei für eine alles bedeckende schwarze Weltalldunkelheit. Und noch schneller ging das alles immer weiter, eine Geschwindigkeit jenseits menschlicher Vorstellungskraft war hier am Wirken und da war die Sonne nur mehr stecknadelkopfgroß am Horizont und im selben Moment auch schon verschwunden! Da wusste ich befriedigt, dass ich nun gestorben war.

Ich hatte die Lösung gefunden. Aber wofür wäre das eine Lösung gewesen? Oder noch besser: was wäre das für eine Lösung gewesen? Ich lächelte, weil ich etwas zu verstehen begann.

Das Aufwachen fiel mir schwer, aber ich konnte dieses Zupfen und Ziehen an meinem Hals nicht mehr ertragen, verkrampfend beugte ich mich nach vorne, versuchte zu sprechen, aber das gelang mir nicht. Tatsächlich brachte ich nicht einmal ein Krächzen heraus.

»Die Sonne, die Hitze!«, sagte eine männliche Stimme. Mein Rücken schmerzte. Ich schlug die Augen auf. Mehrere Männer in roten Overalls knieten vor mir. *Salvataggio*, nein, dachte ich, die Rettung.

Ich lehnte sitzend an einer Wand, der Rezeption, wie sich später herausstellte, und eine weitere Gestalt steckte mir zwei Finger in einem Plastikhandschuh in den Rachen, um mich zum Erbrechen zu zwingen.

Ich schlug mit aller Kraft auf seinen Unterarm, gleichzeitig biss ich fest zu. Der Sanitäter sprang mit einem Schmerzensschrei und bösen Blicken zurück. Ich versuchte mich aufzurichten, doch man drückte mich freundlich zurück, ich sah an mir hinunter, diese Wahnsinnigen hatten mir Hemd und Shirt aufgeschnitten und mich voll verkabelt. Hatte ich gerade einen Herzinfarkt überstanden? Ich hatte gar nichts davon gemerkt.

Noch einmal wollte ich aufstehen, aber sie ließen mich nur so weit kommen, als sie mich auf die Bahre hieven und festschnallen wollten.

So ein verdammtes Pech, fluchte ich, und ihre freundlichen Blicke sagten mir, dass ich laut gesprochen und sie mich verstanden hatten.

»So knapp vor dem Ziel!«

»Beruhigen Sie sich. Wir bringen Sie jetzt ins Krankenhaus.«

»Es geht mir gut, lasst mich. Es ist nur ein Schwächeanfall!«

»Wir nehmen Sie trotzdem mit. Sie haben sich beim Sturz verletzt, das muss untersucht werden.«

Zuerst bewegte ich die Beine hin und her, dann ließ ich sie seitlich von der Trage hinunterbaumeln und richtete mich diesmal endgültig auf. »Wo habe ich mich denn verletzt?«, fragte ich.

»Sie sollten das in Ihrem Alter nicht so locker nehmen.« Beide Stimmen waren nun schon weniger geduldig mit mir. Nichtsdestotrotz schob ich die nächste Hand von mir und wartete, was sie mit mir machen würden. Doch man schob mich eiskalt ohne weitere Faxen durch die Lobby ins Freie hinaus und vorbei an all den Gesichtern, die ich nur Minuten davor so ganz anders wahrgenommen hatte: die junge Frau und der junge Mann, der noch immer Infoflyer für Solimans Traum in der rechten Hand hielt, beide mit bestürzten Fratzen, böse dreinblickende Russengesichter, die nun tatsächlich beide wie typische Russen aussahen, war das das Ehepaar von vorhin?

☆

»Warum lassen Sie mich nicht einfach wieder gehen?«, fragte ich dann schließlich im Krankenhaus den Arzt, der sich im Laufe des Gesprächs als für meine Anliegen nicht zuständig herausreklamiert hatte. Ich glaubte ihm das sogar.

»Es wurde angegeben, dass Sie ohnmächtig zu Boden gestürzt sind! Reicht das als Grund? Eine Verletzung kann ich ohne entsprechende Abklärung einfach nicht ausschließen.«

»Also sind Sie doch auch irgendwie zuständig für mich?«

Er lachte blöd.

»Ich habe keine Schramme«, ich tätschelte mir wie ein Affe den Kopf und versuchte dabei erfolglos Haltung zu bewahren, »auch hier nicht und hier nicht.« Als ich mir jedoch auf die rechte Hüfte schlug, verzog ich vor Schmerzen das Gesicht.

Dieses Mal lachte er freundlich. »Zeigen Sie mal her.«

Ich stand auf, öffnete die Hose unsicher, ließ sie zu den Knien rutschen und drehte mich, die Boxershorts über den Hintern ziehend, zum Arzt. Beinahe verrenkte ich mir den Rücken, so sehr interessierte mich die Verletzung selbst. Was ich sah, war weniger eine Beule als vielmehr eine große Fläche geschredderter Haut, um die in einem großen Kreis alle Adern geplatzt waren. Ich sah aus, als wäre ich aus dem zweiten Stockwerk auf den härtesten Beton der Welt geknallt und hätte im Fallen noch die Wand gut gestreift. Ein echter Schotterausschlag, so hatten wir das als Kinder genannt.

»Ich an Ihrer Stelle würde das gut auskurieren. Einfach ein paar Tage wenig bewegen. Auf dieser Seite werden Sie ja nicht einmal schlafen, geschweige denn weitermarschieren können.«

Damit hatte er recht, erkannte ich erschreckt.

»Es war ein verdammter Schwächeanfall«, sagte ich, »ich bin auch nicht wirklich gestürzt, ich musste mich ausruhen, weil ich zu wenig getrunken habe, oder gegessen, was weiß ich.

Außerdem suche ich meinen Sohn«, sagte ich nach einer Pause, »er ist davongelaufen und ich vermute ihn hier in dieser Stadt.«

Ohne die Miene ein weiteres Mal zu verziehen, sah er mich über seine randlose Gleitsichtbrille an. Er war schätzungsweise gleich alt wie ich, vielleicht ein, zwei Jahre jünger. Trotzdem hatte er an den Schläfen büschelweise graues Haar. Der am Morgen frisch rasierte Bart schimmerte bereits dunkel. Bedauernswert, fand ich, und kratzte meinen Vollbart.

»Ich kann Sie ja nicht zwingen hierzubleiben, was denken Sie? Aber lassen Sie den Sohn ruhig einmal davonlaufen«, wiegelte er mich da freundlich ab, »der kommt auch wieder zurück, wenn Sie ihn nur erst einmal gehen lassen. Denken Sie jetzt einmal an sich, ihre Gesundheit. Legen Sie sich hin, Sie werden gründlich durchgecheckt!«

Er drehte sich um, sagte ein kopfschüttelndes »Bis später« und ging aus dem Zimmer in dieser verfluchten Ambulanz des Brixner Krankenhauses.

Ich war völlig baff. Dass sich so ein Von-oben-herab-Wichser traute, mir meine Sorgen abzusprechen! Ich erkannte, dass der Arzt mich in Wirklichkeit dafür kritisiert hatte, dass ich mit einem Kind, einem gerade noch Kind, auf eine derartig verrückte Reise gegangen war. Was ich nicht verstehen konnte, war die Herablassung, ja beinahe Chuzpe, mit der er mir vorschlug, die Suche nach meinem Sohn bleiben zu lassen. Und dass er sich dann davongemacht hatte, ohne sich weiter um mich zu kümmern.

Ich war allein. Die Schwester, die mich aufgenommen hatte, nachdem mich die Sanitäter im Eingangsbereich des Krankenhauses abgeladen hatten, war ebenso verschwunden wie der Besuchertrupp, der vor einer halben Stunde versehentlich ins Behandlungszimmer gepoltert war.

Seltsam, dachte ich, während ich mich wieder setzte, abgesehen von ein paar Tastgriffen – »beugen Sie sich nach vorne und zählen Sie bis zehn« – hatten sie mich nicht angerührt, das bedeutete wohl, dass mir die umfangreicheren Untersuchungen vielleicht wirklich noch bevorstanden.

Ich griff nach meiner Jacke, stöpselte das Kontrollgerät am linken Zeigefinger vorsichtig ab, Geldtasche und Telefon waren in der Tasche. Hatte man mich nach meinem Namen gefragt? Nein, niemand wusste, wer ich war, geschweige denn, dass ich Daten bei der Aufnahme abgegeben hätte. Noch seltsamer.

Ich sah das als ein Zeichen, zog die, in dieser sauberen Umgebung schon etwas säuerlich riechenden Schuhe an und wollte einen Plan erstellen, wie ich am sichersten aus dem Krankenhaus entkommen konnte, als ich mein Spiegelbild über dem Waschbecken sah. Ich war müde und alt geworden, der Bart vielleicht sogar noch mehr von Grau durchsetzt, als es vor ein paar Tagen bei unserer Abreise noch der Fall gewesen sein mochte. Stumm betrachtete ich mich: ein Fremder. Theodor der Name, verheiratet mit Anna, der ebenbürtigen Kaiserin von was auch immer. Ich fuhr mir durch den Bart, streichelte meine Wangen, wie ich es mit Moritz immer gemacht hatte, wenn er nicht einschlafen konnte.

Weiter unten am Gang schlug eine Tür mit einem dumpfen Knall zu. Schnell schlich ich aus dem Zimmer.

Draußen vor dem Krankenhaus atmete ich zum ersten Mal wieder richtig durch. Gerettet!

☆

So war es gewesen, dachte ich und drehte mich wieder um. Ich wollte in die Richtung sehen, in die mich diese Reise tragen sollte, weg von Brixen. Brixen war kein guter Platz für mich gewesen.

Ich marschierte los. Das Ziel hieß Bozen. Eines musste ich zugeben, die Reise an sich ging nicht ganz so vonstatten, wie ich es mir ursprünglich vorgenommen hatte. Aber ich war unterwegs, so wie es geplant war, auf den Spuren, den uralten Spuren entlang eines Wegs, der vor Bedeutung sprühen wollte.

Die Vorstellung, sich im selben Raum mit jahrhundertealten Ereignissen zu bewegen, Zeit am gleichen Ort überwunden zu haben, gefiel mir gut. Es war, als würde ich an einem herbstlichen Abend in einen uralten See steigen, langsam und Schritt für Schritt, sodass das Wasser Stück für Stück mehr von mir umspülte und der

See dann plötzlich zu steigen begann und mich ebenso langsam mitzunehmen beabsichtigte. Das war es, wie sich diese Reise anfühlte.

Warum ich so positiv gestimmt war? Das hatte einen einfachen Grund: Gestern Abend, ich war auf schnellstem Weg vom Krankenhaus in die Pension geeilt, wahrscheinlich um mich zu verstecken, erreichte mich, als ich schon kurz vor dem endgültigen Wegdämmern das Licht ausgeschaltet hatte, eine SMS von einer unbekannten Nummer: »Wo auch immer du bist, mach dir keine Sorgen: Wir werden uns wiederfinden! Moritz.«

Gut, dass dieser Hinweis gekommen war, in Brixen war auch bezüglich der Elefantengeschichte nichts zu erreichen gewesen. Es war ein Fehler gewesen, dort zu stoppen. Ich hatte die Nummer, von der die SMS geschickt worden war, natürlich sofort angerufen. Ebenso natürlich erschien es mir, dass es sich dabei um eine ungültige Telefonnummer handelte.

Mittwoch 25. Juli

Doch nur einen Tag nachdem ich Brixen verlassen habe, meinem nächsten Ziel, dem Elefantengasthof in Bozen, nur einen kurzen Besuch habe abstatten können, bin ich wieder unsicher geworden. Ich habe eine fürchterliche Nacht in der freien Natur hinter mir. Dabei hat eigentlich alles vielversprechend begonnen. Der Horror von Bozen, mir bleibt auf dieser Reise auch nichts erspart! Haha, der Horror von Bozen, das bin tatsächlich ich, sie werden mir das zumindest unterstellen.

Jetzt, wo ich Trient an der Busscheibe vorbeiziehen sehe, bin ich zum Glück wieder unterwegs. Ich weiß nicht einmal, wohin dieser Bus fährt. Irgendwo werde ich kurzentschlossen aussteigen. Es ist eine Flucht, das ist klar. Ich sorge mich nicht um meine Gesundheit, so viel zu den positiven Dingen, aber ich muss mich dringend erklären, mich mir selbst erklären. Wo ist denn die Grenze zum Fremden gelegen, frage ich mich. Oder, optimistischer, ab wann ist einer fremd und, unrealistisch optimistisch, wann und wo (oder von mir aus: aus welchem Herkunftsland) ist der Fremde es dann nicht mehr? Ich weiß natürlich, dass es darauf keine Antwort gibt. Ein Inder ist uns vielleicht näher, derzeit sicherlich mehr als die bekannten Dreiertrupps an Syrern und Afghanen, morgen sind es die Vietnamesen, vielleicht, sinnlos das Fremde im Geographischen begründet zu wissen wollen. Von der Nation wollen wir an dieser Stelle gar nicht zu sprechen anfangen. Wo beginnt das Fremde? Vielleicht denke ich an Indien, weil ich mich wie Mahout, der indische Pfleger des Elefanten Soliman, fühle, ebenso wie dieser eine ganze Reise durch die Alpen mitmache und mir zunehmend fremder und ausgestoßener vorkomme. Habe ich ein Bild von diesem Menschen? Wenn nicht, wird sich eines in mir selbst ergeben, zurecht geformt aus allen Bestandteilen, die einen Fremden, heute wie damals, ausmachen. Doch dafür, ein Bild von Mahout im Internet zu suchen, habe ich jetzt keine Zeit. Es fühlt sich an, als wäre aus der Reise eine Flucht geworden. Mit dem, was in dieser Nacht passiert ist, ist es viel mehr als das: eine Flucht aus Angst ums eigene Leben, nicht mehr und nicht weniger.

Bereits zur Mittagszeit erreichte ich gestern Feldthurns, ein Örtchen oberhalb des Eisacktals, das einen atemberaubenden, verstörenden Blick auf die Schönheit der Dolomiten auf der anderen Talseite bietet.

Das Geheimnis der beschäftigten Zeit, jenen Stunden, in denen man von der Last des Hinterfragens befreit ist, ist die Geschwindigkeit, mit der man sich in ihr bewegt. Unten im Tal bin ich zügig ausgeschritten. Wie viele Kilometer war das gut gegangen? Zehn, zwanzig? Doch ich glaubte, aus dem Tal dort hinaufsteigen zu müssen, denn da unten gab es kein Weiterkommen in Wirklichkeit, fühlte ich. Ich wollte auch etwas für mich tun. *Sentiero del Castagno – Keschtnweg* stand auf dem Holzschild. Ich war vom Aufstieg in vielen steilen Serpentinen völlig verschwitzt und zweifelte ein bisschen an der Sinnhaftigkeit meines Tuns. Unten im Tal war ich gut mit mir selbst beschäftigt gewesen, einfach Schritt vor Schritt gesetzt. Doch sobald ich den Berg herauf langsamer geworden bin, entsprechende Pausen eingelegt, mich umgesehen hatte, war ich irritierter als sonst gewesen. Ich sah mich um, wischte mir den Schweiß von den Augenbrauen.

Es stimmte, hier waren tatsächlich Kastanien, rund um mich herum, überall, und die Gegend erinnerte mich an Pinien und Kiefern in Kalifornien, die ich doch noch nie gesehen haben konnte, weil ich noch nie dort gewesen bin. Die Erinnerungen überfluteten mich, ohne dass ich etwas dagegen unternehmen hätte können. Es war diese Gabe, sich seiner Erinnerungen nicht entschlagen zu können, ein Fluch geworden, das fühlte ich deutlich. Und noch eines wurde offensichtlich: es gab von da an keinen Weg mehr zurück. Ich hatte eine Reise begonnen und ich würde sie fortsetzen, und nicht nur das, ich würde sie zu einem Ende bringen, ohne dass ich mir die Frage nach den Kosten stellen würde, nein, ich würde sie bedingungslos und ohne jegliche Rücksicht zu einem gültigen Ende bringen. Ich setzte mich auf die erstbeste Holzbank an der Straße, ein in der Mitte gespaltener Stamm ohne Lehne, frisch lackiert, so wie hier überhaupt alles neu und frisch gemacht schien – Alto Adige, so sauber wie die nahe gelegene Schweiz –, und beschloss, Anna anzurufen. Wider Erwarten hob sie schon nach dem ersten Läuten ab.

»Wie geht's euch?«, fragte sie nach einer freundlichen Begrüßung fast noch freundlicher.

»Gut«, antwortete ich. Ich versuchte es noch einmal freundlicher: »Und selbst?«

Sie lachte nur.

»Also gut, ich kenn dich ja schließlich«, sagte ich und siehe da, zu meinem Erstaunen entwickelte sich daraus ein Gespräch. Damit hatte ich nicht gerechnet.

»Stell doch einmal auch Bilder von euch beiden ins Trottel-Book. Nicht immer nur Landschaften!«

»Ich weiß nicht, irgendwie fühle ich mich nicht ganz wohl dabei. Es ist zwar idiotisch, aber da sind schon so viele Leute, die uns bei dieser Reise beobachten – es fühlt sich so an – dass es mir lieber ist, ein bisschen Anonymität zu bewahren. Ist das idiotisch?«

»Nein«, lachte sie wieder, »ich hab's ja auch gesehen, tausende Fans, zwei Drittel Frauen im mittleren Alter.«

»Also in genau unserem Alter.«

»Nein! Älter!« Beide lachten wir.

»Das bin ich ja gar nicht gewohnt, dass du so redselig bist!«

Darauf wusste ich keine Antwort. Ich hätte an dieser Stelle gerne einen guten Witz gemacht, so wie es früher immer funktioniert hatte. Stattdessen merkte ich, dass ich mein Glück kaum fassten konnte. Erst jetzt, mitten in diesem guten Gespräch erkannte ich, wieviel Glück ich bis hierher gehabt hatte. Vielleicht auch schon verbraucht hatte.

»Ich vermisse dich«, sagte ich. »Weißt du noch, dieser eine Abend, oder war es ein später Nachmittag? Das ist Jahre vor Moritz gewesen, noch in der alten Wohnung.

Draußen war es düster und dunkel, ein leichter Regen, der seit Tagen über die Stadt gegangen war, und wir waren froh und glücklich gewesen und hatten uns auf ein Konzert gefreut, welche Band war das eigentlich? Ich habe keine Ahnung mehr.

Wir hatten uns fertig gemacht für das Ausgehen, ein Taxi gerufen. Diese Ahnung einer Erinnerung an die regnerische Straße zu dieser Tageszeit und als wir langsam über den Gürtel fuhren, im Stau steckten vielmehr. Ich weiß noch, was für ein Glück das gewesen war. Wir waren nicht nur jung, sondern die Stadt war noch viel mehr als nur unser Wohnort, dieser Mittelpunkt, zu dem sie heute geworden ist!« Ich lachte laut auf, merkte, dass ich wirklich wie ein Wasserfall redete.

»Die Stadt war eine Verheißung, nichts weniger! Etwas Großes schien auf uns zu warten, ich weiß es noch, wie ich in diesem Mercedes neben dir saß und wusste, dass gerade da, in diesem Moment, etwas Großes und Schönes geschah.

Aber das blieb nur ein Gefühl, das mitgenommen werden wollte und an das ich nun denken muss. Ich kann nicht anders. Ich dachte, oder denke im Nachhinein, an eine andere Stadt als Wien, in der das in Wirklichkeit gesehen ist, so großartig fühlt sich das alles an.«

Jetzt wusste ich nicht mehr weiter.

»Theo, alle fünf Jahre erzählst du mir die gleiche Geschichte«, versuchte sie mich zu beruhigen, »es findet bei dir das statt, worüber du immer geschrieben hast: du verformst die Erinnerungen anderer zu deinen eigenen. Das alles, was du gerade erzählt hast, das hört sich doch vielmehr nach einem guten Songtext der Pet Shop Boys an, von mir aus. Keine Ahnung, was dich immer wieder antreibt, mit dieser Geschichte daherzukommen.

Das ist eine gute Geschichte, ich kann sie nachvollziehen und verstehen. Aber sie ist nie passiert.«

Sie hatte recht. Ich erinnerte mich, dass wir darüber geredet hatten, auch wenn es nicht fünf Jahre her war, sondern viel länger. Dass man vielleicht wirklich so wie in dieser falsch erzählten Erinnerung hätte leben sollen.

Aber das änderte nichts daran, dass ich sie fühlte. Es war mir diese Geschichte auch nicht mit einer anderen Frau passiert, und ich hätte sie in meiner Erinnerung mit Anna verwechselt. Das hoffte ich zumindest.

»Außer natürlich«, sagte sie, »dir wäre genau das mit einer anderen Frau passiert. Und du verwechselst mich mit dieser Person zum wahrscheinlich fünften Mal oder so!«

»Nein«, sagte ich schnell, »das heißt: ich hoffe nicht.«

Darüber konnten wir beide lachen. Aus irgendeinem Grund vertraute sie mir. Anna wollte auch jetzt nicht mit Moritz sprechen.

Sollte ich meine Frechheit auf die Spitze treiben? Es gab etwas in mir, das der Versuchung, noch einmal nachlegen zu wollen nicht widerstehen konnte, erkannte ich da, ein Austesten der Möglichkeiten, ich konnte es in diesem Moment gar nicht beschreiben. Vielleicht war es nicht mehr als eine alberne Form eines Todeswunsches, als ich unvermittelt sagte: »Soll ich Moritz holen?«

Die Frage war mir herausgerutscht.

»Lass gut sein, Theo. Er hat sicher etwas zu tun. Ich muss arbeiten. Lass uns am Abend telefonieren. Ich vermisse euch!«, sagte sie und legte auf.

Wie ich dieses selbstbestimmte nicht abwarten können immer schon gehasst habe.

☆

Was ist nur mit mir los?

Ich saß da, bewegungslos, das Telefon in der Hand und konnte minutenlang keinen Gedanken fassen. Es fühlte sich, das lässt sich alles erst im Nachhinein erkennen, wie nach einem großen Streit an, dieser Kater im Kopf, diese Muskelschwere im Gehirn und im Gewissen.

Vor mir, auf der anderen Seite der Straße zweigte der Kastanienweg ab, der vorher so freundlich fremdsprachig ausgeschildert gewesen war. Die uralten, rau zerrissenen Stämme säumten einen Fußweg, etwas breiter als gewöhnlich, quer zum Hang hinüber zur Ortschaft Schnauders. Die Kastanienblätter bewegten sich im flachen Wind der Hitze und ich schloss die Augen. Ich musste mich kurz ausruhen.

Im Hof in Wien, zwei Stockwerke unterhalb der Wohnung, steht ein Kirschbaum. Ich kann mich gut erinnern, dass er mannshoch gewesen ist, als der Lift ans Haus angebaut wurde, und an das spitze Gesicht der Großmutter, die mit den Nachbarn um den jungen Baum herumstand. Das Bild der alten Frau ist vor zwanzig Jahren entstanden, mich selbst zeichne ich wiederum als einen kleinen Jungen, sechs, sieben Jahre alt, der von den Anwesenden geduldet ist, trotz der anderen Kinder, die durch den Hof tollen. Woran das gelegen haben könnte? Ich habe keine Ahnung. Sie hat mich nie gemocht, erkenne ich, und meinen Vater noch viel weniger, nur die Tochter war ihr lieb auf eine besitzlose, freie Art.

Heute reicht der Kirschbaum rank und beweglich bis in den vierten Stock, allzu viel Platz hat er nicht, der Hof misst an diesem Fleck vielleicht zehn mal sechs Meter, doch das will dem Baum anscheinend genügen, denn er füllt den vorhandenen Raum mit seinen Ästen gut aus: Im Sommer atmet es zwischen den heißen Mauern grün und im Winter sitzen die Amseln und Spatzen, die russischen Saatkrähen und Tauben wie auf siebzehn Stockwerke gut verteilt da, die kleinsten unten, die größten oben, und halten ihre Familientreffen ab.

Im Spätherbst dagegen gibt es immer einen Tag, nie mehr als nur ein einziger, an dem der Kirschbaum seine sanften Blätter verlieren wird. Seit wir dort wohnen, seit fünfzehn Jahren, gehe ich morgens durch den Hof zum Fahrradraum jenseits der wenigen Parkplätze, die für die noch selteneren Autos geblieben sind, und an diesem einen bestimmten Novembertag hört man es in der Frühe schon langsam fallen. Es ist ein beständiges Rieseln, das den Schnee, der doch auch nicht mehr kommen wird, nachäffen will.

Und wenn ich am Abend nach Hause komme, ist der Hof ein gelbes Meer aus Laub und am Baum kein einziges Blatt mehr zu finden.

Mit Moritz haben wir früher immer Fotos gemacht, das waren die ersten Jahre mit dem Kind, in denen die Wiederkehr des ewig Gleichen faszinierend schien, später dann, ich weiß nicht recht, ich denke, dass ich nur mehr von mir selbst und den schönen Blättern Fotos machte. Und, das weiß ich nun bestimmt, ich auf jedem einzelnen Foto herzlich lache, weil es eine alles verzaubernde Stimmung ist, die ein Leben ausfüllen könnte. Tatsächlich habe ich es im letzten Jahr verabsäumt, vielleicht auch schon im Jahr davor, Fotos von diesem Tag zu machen, so lange schon sind dagegen alle Momente davor sehr gut dokumentiert.

Eine lange Zeit des Glücks in nur einem einzigen Moment, in jedem Jahr aufs Neue.

Gleich wollte ich wieder Anna anrufen und ihr davon erzählen, aber sie hätte keine Zeit gehabt, also ließ ich's doch wieder bleiben.

Und doch, ich konnte mich nicht beherrschen, ich öffnete müde die Augen, wählte sie an, machte mir nicht einmal die Mühe, das Telefon ans Ohr zu halten. Im Lautsprecher tutete es sich fünfmal bis zur Mailbox entlang, wie vertrottelt das alles hier in der Natur schien. Ich legte auf.

Die Erinnerungen an diesen Kirschbaum und die Idee der Jahreszeiten, das sind die Ankündigungen einer Depression, analysierte ich simpel gestrickt, aber wohl nicht ganz falsch. Mindestens aber sind sie die Niedergeschlagenheit im Angesicht der immer schneller vergehenden Jahre, der immer gleichen Abläufe.

Wie banal die Wirklichkeit ist, dachte ich und stemmte mich mühevoll in die Höhe. Wie im falschen Moment erinnert, schmerzte die Verletzung an meiner Hüfte. Warum hatte ich sie den ganzen Weg bis dahin nicht gespürt gehabt? Was erinnerte mich an den Schmerz, der doch wohl immer schon vorhanden gewesen ist?

Von hier aus konnte man gut ins Eisacktal sehen, meinen bisherigen Weg entlang. Auf der Talseite gegenüber, oder vielmehr dahinter, die Dolomiten, die jetzt noch viel weniger bezwingbar schienen. Ich hatte das Gefühl, einen Großteil der Reise bereits hinter mich gebracht zu haben.

Ein Geländewagen, ein Range Rover Evoque fuhr vorbei, natürlich, was auch sonst? Am Steuer ein Mann mit Vollbart, der mich aufmerksam, aber nur für einen Moment nicht aus den Augen ließ. Ich sah weg. Wiederkehrendes Thema in meinen Leben: Schuldgefühle.

Wenn ich in diesem Blog zurück lese, was ich zu selten mache, erkenne ich mich nicht in allen Momenten der Niederschrift wieder. Vieles hier scheint gedrängt, digital hingeschmiert, ohne jede Korrektur, obwohl ich mich um einen konzisen, prägnanten Stil bemühe, gerate ich an manchen Stellen in ein verheerendes Schwafeln. Bin das auch ich?

Der große Vorteil, den Laptop mit auf der Reise zu haben, ist, dass ich jeden jemals von mir geschriebenen Satz zu meiner sofortigen Verfügung habe. Doch der Vorteil ist trügerisch, weil es zu viele Sätze sind, um sich zwischen ihnen noch orientieren zu können.

Tatsächlich vermisse ich meine Bibliothek in der Wohnung, vier Regale an die vier Meter hoch, voll mit Büchern in zwei Reihen, Taschenbücher die meisten. Schreibe ich das alles hier, um Ordnung zu schaffen, nicht nur in der Reise, sondern in meinem ganzen Leben?

Eine Ordnung, wie sie mir entgegenkommt: Bücher nach Verlagen geordnet, denn so lässt es sich gut angeben. Angeben vor wem eigentlich? Ich glaube nicht, dass wir in diesem Jahr schon einmal Besuch erhalten haben, abgesehen von ein paar Kindern, Freunde von Moritz und den fünf Minuten, in denen sie von den Eltern abgeholt wurden. Das war früher anders. Aber, vermisse ich den Besuch? Nein, natürlich nicht im Geringsten.

Anna findet meine Ordnung nach Verlagen schrullig. Nicht ganz unrichtig weist sie mich einmal im Jahr auf einen gewissen Unsicherheitsfaktor in meinem System hin.

»Schau«, sagt sie dann, »die Gesamtausgabe von Fauser im Alexander Verlag steht völlig richtig und prominent hier in Augenhöhe. Sein zentrales Buch aber, *Der Schneemann*, steht völlig abseits, weil du damals die Billigausgabe von der Süddeutschen gekauft hast. Das ist doch unsinnig. Entweder du stellst den Schneemann jetzt zum Alexander Verlag oder du kaufst ihn aus diesem Verlag nach. Und stellst ihn zu Recht hin, wenn du damit nicht anders umgehen kannst.«

Wenn sie dann noch lustig ist, sagt sie nach einer Pause: »Komm auf meine Seite der Macht, haha, ich finde meine Ordnung viel besser.«

»Ja«, antworte ich dann, »natürlich, du hast eine echte Arbeitsbibliothek, du arbeitest mit Reihen!« Wir stehen vor ihren Regalen: Nach der Farbe der Buchrücken geordnet steht hier alles, was das Herz der Biologin erfreut. Ich kann gar nicht weiter hinschauen vor lauter Sinn und Ordnung.

»Ach, und du hast keine Arbeitsbibliothek?«

»Ich habe keine Nachschlagwerke.«

In fünf Minuten werden wir gekränkt gerade noch einen Streit verhindert haben. Also stehen wir beide schweigend vor den Büchern.

Doch zurück zum Wesentlichen: Zusätzlichen Reiz bietet naturgemäß die Frage, wie die Ordnung innerhalb der Verlage auf meiner Seite der gemeinsamen Bibliothek vonstattenzugehen hat. Interne Nummer der Veröffentlichung? Nur bei Suhrkamp wirklich sinnvoll, vielleicht noch Diogenes oder rororo, aber bei diesen beiden wäre ich bereit, zu streiten. Ordnung nach Farben auch hier? Eine Möglichkeit, zugegeben, allerdings mit dem Ergebnis eines verheerenden Blitzens auf der rechten Zimmerseite, das jede Unterhaltung nachhaltig beschädigen würde, da man sich insgeheim nur auf das chaotische Farbengewitter an der Wand konzentrieren kann.

Die Lösung ist einfach, für mich zumindest passend: Meine Bücher sind innerhalb des Verlages nach aktueller Wichtigkeit für mich selbst aufgestellt.

Daraus ergeben sich zwei Konsequenzen. Erstens, die Tatsache, dass der Begriff Wichtigkeit nach einer Definition verlangt (die Angeberei nicht ausschließen wird dürfen), und zweitens, dass die Bibliothek ein höchst instabiles, sich in ständiger Bewegung befindliches Archiv meiner selbst darstellt. Dieses Ding schreit nach andauernder Zuwendung und beherbergt alles, was ich bin und darstellen will. Meine etwa siebentausend Bücher sind ich selbst in unterschiedlichen Konstellationen.

Und, ich muss es zugeben, ich vermisse sie ebenso wie ich Anna und Moritz vermisse.

Ich erfinde das alles hier natürlich. Bis auf die Gefühle, die anderen wirklich und inniglich zu vermissen, aber gut, ich vermisste sie ebenso, als sie noch bei mir waren. Aber trotzdem rühre ich an etwas, das mich seit langem, wie ich annehmen muss, tief und ehrlich beschäftigt. Es muss so etwas sein, wie die Frage, inwieweit ich mich selbst in meiner Umwelt wiederfinde. Oder wohl eher, in den Dingen, die mich umgeben, mit denen ich mich umgebe.

Ich blickte auf, der Range Rover von vorhin fuhr ein zweites Mal an mir vorbei, diesmal ins Tal hinunter. Und diesmal saßen zwei Männer drin.

Ich stand auf, schwang den Rucksack wieder auf den Rücken. Keine Zeit, mich mit mir selbst zu beschäftigen! Als Fluch gesagt. Keine Zeit, sich mit sich selbst und den Irrlichtern aus der Vergangenheit zu beschäftigen, weil einer das ein ganzes Leben lang gemacht hatte, nie etwas anderes gemacht hatte.

Da, genau in diesem Moment musste ich meine Suche nach Moritz fortsetzen! Ich ermahnte mich noch einmal mit einem Fluch.

Wie hatte ich mir nur erlauben können, zu Fuß, Moritz hinterher, der sicherlich mit Bus und Bahn weitergefahren war, durch die schöne Landschaft zu spazieren?

Am liebsten wäre ich sofort zurück ins Tal hinuntergerannt, zur nächsten Haltestelle, so schnell wie möglich. Aber da ich schon einmal oben war, ging ich doch den Kastanienweg entlang hoch oben auf der rechten Talseite nach Süden weiter. Fast sofort beruhigte ich mich wieder. Ich hatte keinen Fehler gemacht, dass ich mir so viel Zeit gelassen hatte. Sicherlich hatte ich wieder ein paar Dinge mehr verstanden.

Am Ende dieser Reise würde ich alles Weitere verstanden und aktiv in eine Lösung umgesetzt sehen. Ich schritt schneller aus. Eines bedingt das andere. Das Gehen besiegt die Depression, verstand ich da, es hilft einem nicht beim Denken, und wenn doch, dann nur in einem untergeordneten Ausmaß. Nein, nein, das Gehen beruhigt bestenfalls den aufgeregten Geist, es lenkt tatsächlich immer nur ab und schafft keine Lösungen.

Ich dachte an Anna und die Unverlässlichkeit der Erinnerungen an eine noch viel weniger verlässlichere Vergangenheit. Und an die Möglichkeit einer weiteren Frau, vielleicht würde sich ja etwas auf dieser Reise ergeben? Ich lachte laut und für mich selbst.

☆

Der Fußmarsch von Schnauders war mir schnell zu beschwerlich geworden, auch war ich mir der Dringlichkeit bewusst, Moritz weiterhin konsequent zu verfolgen; davon hatte mich das Marschieren dann zum Glück doch nicht ablenken können, und so kam es, dass im Tal auf einem Parkplatz nahe einer Autowerkstatt eines gewissen Franz Schenk mit einer wunderbaren Sicht auf steile Weinhänge, dorthin, wo ich hergekommen war, ein Fernfahrer stand, der mich kurzerhand mitnahm. Der Mann sprach kein Deutsch, obwohl die gelbe Tafel hinter der Windschutzscheibe ihn ebenfalls einen Franz nannte, er hätte genauso gut einer aus Dänemark oder Bulgarien sein können, der den Sattelschlepper einer bekannten deutschen Speditionsfirma lenkte, und so setzte er mich später wortlos am Pannenstreifen der A22 auf der Höhe des Örtchens Ora beziehungsweise Auer ab, in dem die letzte mir bekannte Elefantenherberge zu finden sein würde: das berühmte Hotel Elefant, nur wenige Kilometer südlich von Bozen inmitten einer der bekanntesten Weinstraßen der Welt gelegen. Ich gab Franz, Henrik, Pavel oder wie auch immer er in Wirklichkeit heißen mochte, meine angebrochene Packung Camel, es war das erste Mal, dass er mich überhaupt genauer ansah, und freute mich darüber, etwas Gutes getan zu haben.

Vor mir unterquerte eine schmale Straße die Autobahn, auf der Höhe rechts *Viktors Imbiss,* nicht besonders einladend, ich schlug mich also über den Zaun und durch das Gestrüpp zur Unterführung durch und marschierte einen starken Kilometer ins schöne Auer hinein. Aus der Ferne glaubte ich, ein mir bekanntes Schimmern zu sehen, und obwohl es noch nicht einmal ein früher Abend war, wurde es ungemütlicher, als ich näher an die Ortschaft herankam, weil ich das Zeichen des Elefantenhotels nun deutlicher ausmachen konnte. Es war dasselbe wie schon in Bozen: ein illuminierter, kindlich-freundlicher Leuchtstoffelefant am Dach des altertümlichen Gebäudes. Ich fragte mich, ob ich der erste war, der eine große Hotelkette hinter den Elefantenhotels vermutete, schlimmer, ein Unterhaltungsspiel einen langen Weg entlang, das bis jetzt noch niemandem aufgefallen war. War das möglich, dass ich so lange – beziehungsweise einen knappen Monat bis jetzt – geglaubt hatte, etwas Besonderem hinterher zu jagen, nur um nun zufällig zu erkennen, dass die Elefantenreise längst schon gut vermarktet worden war? Hatte es für diese Annahme doch auch schon mehr Hinweise gegeben als nur das Lichtspektakel Solimans Traum in Brixen, das mir an dieser Stelle wieder unangenehm einfiel?

Ich wurde langsamer, und je näher ich dem Hotel kam, desto schwerer fiel es mir, weiterzugehen, und so kam es, dass, als ich tatsächlich am Ziel angekommen war, die Glühbirnen im Schriftzug oberhalb der Fenster im ersten Stockwerk ansprangen, und ich erkannte, dass es Abend geworden war. Sportwagen schossen mit Fernlicht auf der Straße an mir vorbei. Wie unvermittelt einen die Nacht treffen kann, dachte ich noch, als die Straße weiter hinauf ein Tumult stattfand. Ich blieb stehen, die Szenerie kam mir bekannt vor, ich hatte das schon einmal erlebt, aber wo?

Das erste, das ich eindeutig benennen konnte, waren die fluoreszierenden Rücken der Carabinieri, die sich langsam auf mich zubewegten. Aber was versuchten sie vor mir zu verstecken, wunderte ich mich, als ich die lustig und zornig grinsenden Gesichter der Demonstranten sah. Doch diesmal fiel ich nicht mehr auf die Show hinein, nein, sofort erkannte ich, worum es sich bei diesem Umzug handelte: Ich war ein zweites Mal in diesem Sommer auf eine Gruppe von Flüchtlingen getroffen. Im Unterschied zum ersten Mal handelte es sich dieses Mal aber erstens nicht mehr um Familien auf der Flucht, sondern um höhnisch grinsende, junge Männer, und zweitens bestand in diesen Minuten keine Gefahr, dass ich von den Carabinieri mit den Burschen hier verwechselt würde.

Ich erkannte die Doppelbödigkeit des Geschehens, nein, das hier war keine Demonstration für oder gegen etwas. Was hier stattfand, war ein kurzfristig angesetztes Machtspiel ohne Sinn und weiteren Zweck außer eben diesem: diesen alten Ländern zu zeigen, dass es keine Grenzen mehr gab, und wenn doch, diese im Sturm würden genommen werden.

Als der Zug näherkam, sah ich die Polizisten, die an der Seite marschierten und den Zug zu begrenzen suchten, und schon hatten sie, zu meinem vorstellbaren Entsetzen, ein Auge auf mich geworfen und wollten mich in den Zug eingliedern, aus dem offenbar auch ich, wie und wann auch immer, ausgebrochen war.

Ein höhnisches Gelächter traf mich, ich wusste nicht, von wem oder woher: singen, tanzen, schreien, die Polizisten, die vor dem Zug marschierten waren hilflos, ich sah, dass sie die Leute in Wirklichkeit aufzuhalten versuchten. Ich drückte mich an die Wand der Hotels, aber das alles nützte nichts, drei Polizisten kamen auf mich zu, und plötzlich spürte ich eine freundliche Hand, die mich am Ellbogen um die Ecke und die Hausmauer entlang hinter die Sträucher des Gastgartens zog.

Diesmal hatte mich eine Frau gerettet und ich musste lachen, als ich ihr ungläubiges Gesicht sah. Sie war etwa in meinem Alter, vielleicht ein bisschen jünger, im Halbdunkel der Laternen konnte ich das nicht gut erkennen. Das Einzige, was ich mit Sicherheit sagen konnte: sie war hübsch und sie gefiel mir auf der Stelle gut.

Gut, dachte ich, also doch noch eine Frauengeschichte. Finde ich gut, dass sich die ganze Geschichte, die ich mir nur anfänglich selbst ausgesucht habe, im Wesentlichen doch an meinen Vorstellungen orientiert. Das war doch eine gute Erkenntnis.

Dann dachte ich, dass sich das alles nicht besser hätte ergeben können, alles das hier im Hotel Elefant. Wahrscheinlich strahlte ich vor Zufriedenheit, sprachlos strahlend, so erinnere ich mich an mich selbst.

Ich versuchte mich so richtig am Riemen zu reißen. »Ich bräuchte ein Zimmer für eine Nacht.«

Sie lachte kurz auf und dann noch einmal spöttisch.

»Ein glücklicher Zufall, ich habe hier eines, sogar für mehrere Nächte.«

Da verstand ich und ich schämte mich ein bisschen, aber es stimmte ja auch, wie hätte ich das wissen können, ich stammelte eine Entschuldigung daher und sah sie mir in der Zwischenzeit doch noch einmal genauer an. Auch das sah sie sofort. Ich musste wohl wieder etwas üben.

Das sagte ich ihr auch gleich und so war sie schließlich doch besänftigt. Zumindest hatte ich diesen Eindruck. Sie nahm noch einmal meinen Arm, diesmal sogar noch etwas forscher und geleitete mich ins Hotel hinein.

»Mein Rucksack!«, sagte ich da, »wo ist mein Rucksack?«

Ich eilte nach draußen, da stand er an der Hausmauer. Die Demonstration von vorhin, oder was auch immer es gewesen sein mochte, war verschwunden, als hätte sie nie stattgefunden. Einzelne Einheimische standen auf den Gehsteigen herum, einer drehte sich um, als er mich hörte und musterte mich noch einmal verwundert.

»Theo«, stellte ich mich wieder drinnen angekommen vor.

»Ich weiß«, sagte sie, »Marie.«

Woher wusste sie das? Es war nicht einmal so, dass mich Panik oder etwas ähnliches anspringen wollte, vielleicht war es Resignation, die ich zu fühlen begann, ein Unmut darüber, dass mir die Dinge endgültig entglitten waren.

»Keine Sorge«, wollte sie mich beruhigen, »reiner Zufall, wir haben die Verrückten beobachtet und auf einmal warst du da draußen, und wir konnten dich so gut im Profil sehen, und ...«, sie lachte, schelmisch ist wohl der bekannte Ausdruck, wenn Frauen für einen kleinen Moment nicht mehr sicher sind, ob sie sich gerade verraten haben, »... du hast uns leidgetan.«

Ich sah sie von oben bis unten an, was soll ich sie genauer beschreiben, dachte ich da, alles sitzt an den richtigen Stellen, ich würde ohnedies eine jede nehmen, die mir zwischen die Finger kommt.

Die Reise auf dem Weg des Elefanten zeigte mir an mir selbst Seiten, die ich allenfalls bei den Arbeitskollegen in den vielen Billig- und Ferienjobs aus meiner Jugend und Studienzeit kennengelernt hatte, die sich durch die Einsamkeit in ihrer Umwelt eine zynische Haltung zu eigen gemacht hatten, weil sie nicht die Frauen, sondern sich selbst zuallererst hatten zu verachten begonnen.

Lächelnd tippe ich Sätze wie diesen in den Laptop auf meinem Schoß, während sich der Bus immer weiter von Trient entfernt. Haha, sage ich dabei, das mit den Arbeitskollegen klingt ja wie eine Antrittsrede für eine Kandidatur des antiheteronormativen Obermachos bei den Grünen, auf einer lokalen Ebene. Diesen Kunstsprung machen Sie mir einmal nach, zuerst so viele Abenteuer und dann auch noch gescheit darüber reden. Jetzt aber zum Glück immer weiter, ich weiß nicht einmal, wohin es geht. Nur mehr froh, nicht mehr an einem Ort länger als eine Stunde verbringen zu müssen.

Marie jedenfalls wollte auf einen Drink gehen, mich ihren Freundinnen vorstellen, davor fürchtete ich mich nicht. Da dachte ich mir, dass das alles auch seine Richtigkeit hatte, und sie gefiel mir immer besser, ich wollte gar nicht mehr von ihrer Seite weichen und sie machte also grinsend einen Schritt zurück in die warme und freundlich beleuchtete Hotellobby, in der Sofas und Leselampen wie in einem Möbelhaus streng und absichtsvoll geordnet standen.

Alarmiert drehte ich mich im Kreis, als eine Gruppe amerikanischer Touristen den Raum betrat. Alte Leute, Pensionisten, die Europa bereisten, im Bus von Stadt zu Stadt und mit dem gottverdammten Flieger wieder zurück. Leute, die zu Geld gekommen oder einfach nur erfolgreich alt geworden waren, in jedem Fall aber gut und mehr oder weniger teuer angezogen waren. Das Schlusslicht bildete ein Siebzigjähriger in einem Rollstuhl, der sich in breitem US-Slang über die Fahrt von Venedig bis hier herauf beschwerte. Ein unsympathischer Mensch, der mich nichtsdestotrotz kurz, aber freundlich grüßte, als er mich erblickte, ganz so als hätte er mich erkannt. Oder einen Gleichgesinnten in mir erkannt, was wahrscheinlicher, aber auch erschreckender war.

Marie saß bereits auf der erstbesten Ledercouch. Sie sah mich erwartungsvoll an. Ich fragte mich nun schon etwas verunsichert, was heute noch passieren würde, als mein Telefon läutete. Moritz!

Ich zerrte die bimmelnde Windjacke aus dem Rucksack, die Leute schauten sich schon nach mir um, ich war voller Hoffnung, doch es war Anna.

Ich hob sofort ab, wusste, dass sich das schlechte Gewissen erst später, dann aber umso standfester einstellen würde: Ich hatte in den letzten Stunden seit ich noch in Schnauders gewesen war, nicht ein einziges Mal an sie gedacht.

☆

Wie zu erwarten, gab es im Hotel Elefant eine Bar, die, auch das keine Überraschung in dieser Gegend der Welt, aus hauptsächlich viel Holz, Holz und etwas Holz bestand, alles in allem ein gehobenes Schihüttenflair versprühte, und diesen ersten Eindruck will ich kommentarlos stehen lassen dürfen, weil ich in Wirklichkeit keine Erfahrungswerte dazu beisteuern kann. Aufgewachsen und erzogen in einer Schifahrernation im letzten Jahrhundert, hatte ich diesen Sport weder jemals erlernt, geschweige denn praktiziert. Verschulden der Eltern, meine eigene Schuld, ich kann darüber keine Auskunft geben, gestern Abend genoss ich ganz im Gegenteil das Gefühl, einmal nicht in der Lage zu sein, etwas großspurig erklären zu können. Das hatte sich doch in Wirklichkeit alles längst erledigt. Wann wären wir mit Moritz jemals ernsthaft Schifahren gewesen? In seiner Klasse war die Hälfte aller Kinder noch nie auf Schi gestanden. Die Zeiten ändern sich. Als ich so alt gewesen war, hatte es nicht ein Kind gegeben, das es gewagt hätte, sich diesem verrückten Zauber, dem ein ganzes Land erlegen war, entgegenzusetzen: Wer nicht ins Tal fahren konnte, stürzte spektakulär, es gab nur diese zwei Möglichkeiten. Gut, dass sich das geändert hat, dachte ich da. Ich bin ein Vorreiter gewesen, lachte ich.

Trotzdem erinnerte mich der Raum sofort an verschreckende Eltern, die mir da noch einmal mehr sehr fremd erschienen.

»Wir wissen ja nicht, wie wir zu unseren Gedanken kommen. Träume, ja, die Träume sind doch in Wirklichkeit gut erforscht und eine einzige Enttäuschung, was den Überraschungseffekt angeht. Gebt mir den Standardtraum eines Mannes in meinem Alter und zu achtzig Prozent lässt dieser sich auf ein, üblicherweise banales Ereignis in den letzten Stunden vor dem Einschlafen zurückführen. Das muss ein jeder für sich selbst durchgerechnet haben, um es auch zu glauben, aber hinter den Träumen stecken keine Überraschungen, und schon gar keine großen Erklärungen, so ganz nebenbei gesagt.

Nein, nein, das Rätselhafte ist, wie wir zu den Gedanken, den Grundlagen für die Träume kommen: Wie geschieht es, dass ich beim Betreten dieses Raums über meine Eltern nachzudenken begonnen habe und mich dieser Vorgang auch jetzt noch nicht loslässt? Ist das die faktische Macht der Abwesenden, die sich gerade durch ihr Nicht-Vorhandensein in die Gegenwart der anderen einschreiben wollen? Oder schlimmer, die sich in Erinnerung rufen wollen, weil sie von mir aus dieser Gegenwart verstoßen wurden? Das zweite wäre eine fatale Sache, die letztendlich einer Machtübernahme durch die Folgegeneration zuwiderlaufen würde. Ist es nicht so, dass die Alten fester als jemals zuvor im Sattel sitzen?

Das ist jetzt natürlich auch ein Gutteil Geschwafel, das sich aus der Situation ergibt, aber warum es ausblenden? Wir alle sind doch letztlich banal, und wenn schon nicht unbedingt immer banal, so doch menschlich und auf Gefühle, Regungen, Aversionen nicht zuletzt zurückgeworfen, und so, das führt mich nun zum Beginn unseres Gesprächs, ist es, gerade weil wir so sind, wie wir es hier eben nicht verleugnen dürfen, umso wichtiger, auf diese Momente zu achten, wenn Erinnerung vielleicht nicht unbedingt gerade entsteht, aber stattfindet.

Hier, in genau einem solchen Moment, muss einer einhaken und nachfragen. Dort entsteht Erkenntnis, über sich selbst und an sich selbst. Geht ja sowieso nur mit mir selbst und für die anderen. Ging in Wirklichkeit in der Geschichte der Menschheit nie anders.

Aber ich halte Sie von Ihrer Arbeit ab! Lassen Sie sich nicht aufhalten von mir, bitte!«

Heimo, der Barmann, mir nicht unähnlich, aber einige Jahre jünger, und, auf seinen Namen angesprochen, ein Enkel des alten Heimo, den wir bei unserem Halt vor dem Brenner kennengelernt hatten, war ein Lebemann mit gutem Aussehen und entsprechendem Auftreten, machte eine Handbewegung: Ich sah, dass wir alleine in der Bar waren.

»Kein Problem.«

»Von wegen kein Problem«, antwortete ich schnell. Noch so ein Spruch meines Sohnes. Verflucht. Ich hätte den Barmann längst fragen müssen, ob Moritz hier gesichtet worden war.

»Wenn Sie mich fragen«, sagte dagegen der Barmann, »dann kommen mir Ihre Eltern, denn um die ist es Ihnen ja wohl gegangen, recht unwirklich vor. Klingt wie aus einer längst vergangenen Erinnerung heraus gedacht oder so ähnlich. Haben Sie viel Kontakt?«

»Nein«, ich schüttelte den Kopf, »nicht wirklich.«

»Sie mögen sie nicht mehr besonders, oder?«

Er hatte recht, dachte ich verblüfft. Ich mochte meine Eltern tatsächlich nicht besonders. Er hatte es feiner gesagt: nicht mehr besonders. Enttäuschung, Trauer und alles andere machen »nicht mehr« daraus.

»Aber warum ihnen das noch immer vorhalten? Sie müssen ja nichts verzeihen, aber ihnen nach all den Jahren noch Verfehlungen vorhalten wollen?«

Später stellte ich ein Weinglas laut auf die Bar. Für den Rest der Nacht besser nichts mehr trinken, ich wollte auf Nummer sicher gehen. Heimo grüßte wissend von weiter hinten, der verstand auch einiges, das war mir klar, an so einen sollte sich einer wie ich halten. Konnte das noch Zufall sein, dass der Großvater uns über die grüne Grenze zu flüchten geholfen hatte und der Enkel mir ein paar Tage später meine Eltern zu erklären verstand?

Ich setzte mich wieder auf den Barhocker, es langsam angehen, nachdenken, sich Zeit lassen, das war das Entscheidende. Ich betrachtete mein Spiegelbild hinter dem

Regal mit den Flaschen. Dafür sind diese Lokale gut. Ich sah mir selbst beim Vermissen des Kindes zu. Sollte ich den Barmann nach ihm fragen? Hätte ich das nicht schon längst machen sollen?

Genau betrachtet hatte meine Suche nach Moritz kein bisschen Erfolg gehabt, bis jetzt zumindest. Eine Nachricht, ja, aber die war von ihm selbst gekommen. Ist es ein Erfolg, wenn es einem in den Schoß gelegt wird? Ach, war das alles schwer geworden! Ich winkte nach einem neuen Glas, aber da war niemand mehr, ich war endgültig alleine.

Erst da nahm ich das beruhigende Wummern der Musik wahr. Wieder waren da meine Eltern, eine Familie, ich sah Kerzen und Glühlampen und rund um mich herum die Heimeligkeit einer Bar und eine standhafte Sprachlosigkeit in meiner Jugend und Kindheit, die sich über alle Zeiten erhoben hatte. Und natürlich, wie könnte es anders sein, begann sich alles zu drehen und ich fühlte mich gut erinnert an früher einmal, dass ich jetzt im richtigen Augenblick angekommen war. Beruhigt legte ich meinen Kopf auf meine Arme auf der Bar.

Es musste, mehr noch für andere als für mich, ein seltsames Bild abgegeben haben, als ich mich selbst im Spiegel hinter den Flaschen anstarrte. Denn, das erkannte ich erst zu diesem Zeitpunkt, ich konnte mich bei der Betrachtung meines müden Gesichts beobachten. Mehrere Spiegel folgten dem Lauf der Bar, die mich da verdächtig an die Rezeption im anderen Elefantengasthof erinnerte, machten einen sanften Bogen durch den Raum, sodass ich mir in die Augen sehen konnte und dabei gleichzeitig aus dem Augenwinkel mein Halbprofil im Spiegel daneben sah.

Ich hatte mich ein ganzes Leben lang kein einziges Mal in einem Spiegel betrachtet. Früher hatte Anna das sogar einmal gut gefunden, dass ich das Haus verließ, ohne je auch nur einen Blick auf meine Haare zu werfen. Und da, seit dem Beginn der Reise nach Italien, dem Gespenst des Elefanten und meinem Sohn hinterher, sah ich überall, an den unmöglichsten Stellen beinahe, Spiegel, die mich halten, mir meine Zeit stehlen wollten. Erst da, im Kokettieren mit dem Selbstbild, merkte ich, dass ich mich fortwährend betrachtete, als ob es da etwas zu sehen gäbe, das mir bis jetzt entgangen war.

Ich verzog die Lippen, fletschte die Zähne, mein Bart war etwas länger als sonst (das wunderte mich nicht) und, so kam es mir vor, wieder ein bisschen weißer geworden. Sollte es wirklich möglich sein, solche Details in diesem schlechten Licht zu erkennen?

Ich richtete mich wieder auf, peinliche Show, die ich hier zum Glück alleine und nur für mich selbst abzog. Dabei sehe ich genauso aus wie früher, so wie immer schon, verdammt, ich habe mich kein bisschen verändert. Gut, die Haare weißer, an einigen Stellen zumindest ein bisschen, aber wen wundert's: das Kind verloren, keine Ahnung, wie es zu Hause weitergehen würde. Selbst wenn ich die Reise mit Moritz nicht in den Sand gesetzt hätte, um meine gemeinsame Zukunft mit Anna musste ich mir in jedem Fall Sorgen machen. Ich wusste gar nicht, wo anfangen, der Kopf schwirrte und mir wurde übel. Das alles jedoch würde sich erübrigt haben, wenn ich erst einmal ohne den Buben nach Hause kam.

Je länger ich mich musterte, desto älter begann ich mich zu fühlen. Alter Trick, habe ich schon als Jugendlicher verstanden: Je näher du hinsiehst, desto größer wirst du das Schlechte an deiner Lage sehen. Aber sag das einmal den jungen Leuten von heute: dass der Gesamteindruck, der erste Eindruck überhaupt zählt, nicht die Analyse im Nachgang, nein, das Bauchgefühl hat immer recht! Allerdings nur, und das ist die Kehrseite der Zuversicht, wenn du die Erfahrung gemacht hast, dass du dich auf dein Bauchgefühl verlassen kannst, das heißt also, dass du die nötige Bildung besitzt und keinesfalls Angst hast.

Fast musste ich lachen über solche Gedanken. Ich hörte mich wie ein betrunkener Opa an.

Und? Hatte ich ein gutes Gefühl in meinem Bauch? Hatte ich die Bildung, ich hatte, so gut kenne ich mich immerhin, schon auch die Herzensbildung gemeint? Und fehlte mir die Angst? War ich ohne Furcht?

Das fragte ich mich und, siehe da, die Antwort wollte mir nicht so recht gelingen. Ich stockte ein weiteres Mal. Da erkannte ich, dass die Elefantengasthäuser, das Abgehen dieser Orte vielmehr, vorerst einmal nur einen Sinn gehabt hatte: ich verstand, dass ich eigentlich Angst hatte und mir die Sicherheit, mich auf mich selbst verlassen zu können, völlig abhandengekommen war.

Wo war ich nur gelandet? Beinahe schon hoffnungsvoll sah ich zur Tür, aber es wollte niemand zu mir kommen und so beschloss ich, eine Befragung der Leute hier auf morgen zu verschieben. Jetzt war ausruhen und nicht nachdenken angesagt, ich befand mich im vorläufig letzten Elefantenhaus dieser Reise und ich hätte so etwas wie Bilanz ziehen wollen, als plötzlich Marie wieder neben mir stand. Ich machte einen Schritt zur Seite und von ihr weg und sah gleich an ihrem Blick, dass das gar nicht gut ankam. Es war leiser geworden, jemand musste die Musik runtergedreht haben. Wahrscheinlich schliefen im Rest des Hauses die Leute schon.

»Wo warst du denn?« Genauso gut hätte ich nichts sagen können, ich wollte eigentlich auch nichts mehr sagen, konnte aber ihren fragenden Blick kaum noch ertragen.

Sie tat gleich ganz interessiert, schien sich am Riemen reißen zu wollen, oder musste es, und rückte langsam auf. Sie legte ihre Hand auf den Rücken meiner rechten. Ich entspannte mich nicht, ganz im Gegenteil. Da wurde mir warm, ich ahnte Schreckliches, trotz einer stupiden Geilheit, für die ich mich als Dreißigjähriger geschämt hätte und als Siebzigjähriger ebenso schämen würde, akzeptierte ich die Lage als für mein Alter nachvollziehbar und fühlte mich gut angemacht. Wahrscheinlich wurde ich rot, denn sie lachte plötzlich.

»So siehst du also in Natur aus, in freier Wildbahn sozusagen«, stellte sie fest.

Ich nahm einen Schluck vom Wein, ein Rotwein, welche Sorte auch immer, ich kannte mich nicht aus.

»Wann schreibst du die Einträge in deinem Tagebuch eigentlich? Ich meine, wann findest du die Zeit dafür?«

Ich schwieg noch immer. Wieder lachte sie: »Werde ich da auch vorkommen?

Wir waren uns zuerst nicht so wirklich sicher, du siehst älter aus als auf den Fotos, aber dann …« Offenbar wusste sie nicht mehr weiter.

»Aber dann was?«

Ich war, freundlich gesagt, völlig entsetzt, dass eine mir völlig unbekannte Person mich zu Details aus meinem Leben befragte, die sie ganz offensichtlich nichts anzugehen gehabt hätten. »Aber was dann?«

»Nun, meine Freundin, die ich dir gleich vorstellen werde, hat mich gedrängt, dich hereinzuholen. War aber nicht viel Überreden notwendig«, beruhigte sie mich. »Wir wussten ja schließlich, dass du sowieso ins Hotel Elefant wolltest.«

Sie war stolz darauf, so gut informiert zu sein.

Jetzt, wo ich das schreibe, blicke ich vom Bildschirm auf, die ersten Fahrgäste beginnen es sich gemütlich zu machen: Rucksäcke werden verstaut, Regenjacken zusammengelegt. Der Autobus fährt trotz des schlechten Wetters mit unverminderter Geschwindigkeit über eine Bundesstraße voran: die letzten Momente, wo sich einer wie ich noch sicher fühlen kann, zum Glück bin ich jetzt einmal von der A22 heruntergekommen.

Der Mann neben mir, über den Gang hinweg, mustert mich interessiert, bis ich wegblicken muss. Arschloch, tut auf junggeblieben und sieht nicht viel jünger aus als ich selbst. Aus dem Augenwinkel sehe ich, dass er meinen Bildschirm noch viel interessierter beobachtet, und dann wieder zu mir sieht. Und wieder zurück zum Laptop.

»Na«, sage ich, »so wird sich die Geschichte aber nicht von alleine schreiben. Da muss ich mir was einfallen lassen«, worauf er sich schnell wieder auf seine eigenen Geschäfte konzentriert.

Die Frau, die sich mir als Marie vorgestellt hatte, wollte mich dann später in der Nacht noch ihrer Freundin vorstellen.

»Das hast du schon öfters versprochen«, sagte ich lallend, lachend, ich weiß es nicht mehr, »das muss eine ganz besondere Frau sein, die so oft angekündigt werden will.«

Ich bin nicht so naiv, zu behaupten, dass ich mich an nichts mehr erinnern kann, oder ich gestern in der Nacht nicht doch in Wirklichkeit genau wusste, was ich tat. Das Problem ist, dass ich mir nicht mehr so sicher bin, was ich nicht gemacht habe.

Was ich dann aber so um, ich vermute es, elf Uhr in der Nacht nicht mehr wollte, war, von dieser Person gegängelt zu werden. Das auch vor allem deshalb nicht, weil es dort doch nichts mehr zu gewinnen gab. Wir hatten eine Zeitlang gut und nichtssagend aufeinander eingeredet gehabt, und es kam mir vor, als ob mein Interesse an ihr diametral zu ihrem Interesse an mir abnahm. Worüber wir geredet haben? Ja, wenn ich das jetzt noch so genau wüsste: es war alles Mögliche, das doch hauptsächlich von ihr ausgegangen war. Ich weiß es nicht mehr so genau, und es ist in Wirklichkeit auch egal.

Von einem Moment auf den anderen war sie verschwunden. Ich begann sie zu suchen, es war das schlechte Gewissen, das mich antrieb, doch sie war nirgends mehr aufzutreiben.

Ich wollte mich auch dieser Geschichte bereitwillig hingeben, und so trat auch folgerichtig in genau diesem Moment eine Frau an die Bar, die ich erstens sofort als die ominöse Freundin von Marie identifizieren konnte, und die zweitens bereits überaus betrunken war. Zugegebenermaßen war ich es, der ihr dann zuprostete, von mir aus die Initiative ergriff, doch Heimo war plötzlich an ihrer Seite, er sah so viel jünger aus als vorhin und auch als ich, jünger auch als diese Frau, die seine Gefährtin sein musste, so vertraut, wie die beiden miteinander umgingen, und da begann ich ihn unendlich zu beneiden. Auch wenn ich etwas peinlich berührt war und mich alt fühlte.

Allerdings schämte ich mich hauptsächlich für meine mir selbst auferlegte Keuschheit, die ich mir doch selbst durch die Reise allein schon eingefangen hatte.

Andere Gäste lachten über die beiden, bestellten weiter ihre Drinks bei ihm, alleine schon um ihn beschäftigt und von der Frau fernzuhalten. Plötzlich reichte es mir, so sehr ging mir diese einzigartige, große Ungerechtigkeit auf die Nerven und zu Herzen: Heimo rollte bereits mit betrunkenen Augen und Lisa, denn so wurde sie genannt, fiel mir ein, schien kaum mehr in der Lage, sich an der Bar festzuhalten. Ich hatte das Gefühl, etwas für die beiden erledigen zu müssen, als ob es um eine alte Schuld gehen würde. Im nächsten Moment war ich schon hinter dem

Tresen und zapfte Bier, servierte Wein und mixte erste, einfache Cocktails. Verrückt, aber wahr: das hatte ich mir für mein Leben nicht mehr vorgestellt gehabt, dass ich noch einmal ein Barkeeper sein könnte. Ich war weniger begeistert als vielmehr beeindruckt davon, dass mir auch das so gut gelingen wollte, und froh, dass ich Heimo eine Unterstützung sein konnte. Ich winkte ihm zu, doch er sah durch mich hindurch. Er tat mir leid, ich fühlte für ihn beinahe wie für einen mir Anvertrauten, verdammt, dachte ich da, wie für ein Kind, so jung sah er aus, und wieder dachte ich an Moritz, der mir heute seltener und immer seltener in den Sinn gekommen war. Damit war meine Laune natürlich dahin, das hätte ich mir ersparen müssen. Den Dingen, die wir nicht werden verändern können, müssen wir tunlichst ausweichen, sagte ich laut.

Als das erste Gegröle über meinen Auftritt bei einer Gruppe junger Männer, Wanderer, Schüler, ich wusste es nicht genauer, abgeklungen war, sah ich Heimo und Lisa bereits gerettet: sie knutschten fröhlich oder vielmehr gedankenverloren miteinander, eigentlich taten sie mir genauso leid wie noch vorhin, aber sie waren immerhin gerettet, dachte ich mir. Doch da baute sich ein aufgeblasener junger Mann vor mir und der Bar auf. Er wartete auf etwas und ich erkannte, dass er gerade einen Auftritt plante und ich nicht viel mehr als ein Teil seiner, jedenfalls nicht meiner eigenen, Geschichte war. Zu diesem Zeitpunkt ahnte ich bereits, dass das Ganze nur in einer Prügelei enden konnte.

Plötzlich Smartphones überall, seine Freunde umringten uns, ich sah mich zehn Mal gefilmt.

»Was darf's denn sein, junger Mann?«

»Was soll das noch werden heute, du alter Sack? Solltest du nicht schon längst schlafen? Stichwort: Opa, Altersheim, Friedhof vielleicht?«

Ich wusste nicht im Geringsten, wie ich mit ihm umzugehen hatte. Mein Lachen musste ihn völlig aus der Fassung gebracht haben, aber ich wusste es nicht besser, die Aggression und der seltsame Zorn, die in der Luft lagen und mich nur scheinbar hätten treffen sollen, erstaunten mich. Der Bursche aber meinte es ernst, er holte wie zum Hohn weit aus und packte mich an meiner Jacke und zog mich über die Bar zu sich hin. Es war wie gut beobachtet, ich konnte seinen Atem riechen und hinter die Tränen in seinen Augen sehen. Da rang ihn auch schon Heimo nieder, wie ein großes starkes Kind verschränkte er den fremden Kopf in seiner Armbeuge und zog ihn nicht, nein, stürzte mit ihm zu Boden, sodass der junge Kerl mit großer Wucht auf seinem Rücken aufschlug. Da hatte er wenigstens einen Grund für seine Tränen, denke ich mir im Nachhinein, aber zu diesem Zeitpunkt war ich noch völlig benommen von dem Angriff und stürzte ein Glas Wein hinunter, um mich zu beruhigen, während sich Heimo gut prügelte und auch bereits wieder von anderen Gästen von seinem Opfer weggezogen wurde. Wie gut er das konnte, merkte ich, sich von Unbeteiligten festhalten lassen und immer wieder den Anschein erwecken, auszubrechen, um sich weiter zu prügeln. Alle lachten, auch er selbst konnte sich ein Grinsen nicht verkneifen.

»Lass dich hier nicht noch einmal blicken!« Der Mann hatte zu viele Filme gesehen. »Verpiss dich!«

Als die Gruppe dann gegangen war, klopfte er sich vorgestellten Staub von den Unterarmen. Es war unerträglich heiß geworden.

☆

Kurz nach zwei Uhr in der Nacht wurde ich langsam geweckt. Benommen gelang es mir nur mühsam ein dumpfes Heulen und Kreischen als den wahrscheinlichsten Grund für die unerträgliche Störung auszumachen. Ich war völlig verschwitzt, das Shirt klebte an mir fest. Ich stand verwirrt auf, konnte es zu diesem Zeitpunkt auch gar nicht besser beschreiben, ich fürchtete mich trotz der Hitze zu verkühlen, schlotterte bereits, musste einen Ausweg finden und dazu das Geschrei am Gang oder wo auch immer es war, das mich maßlos irritierte.

Im Dunkeln stehend versuchte ich herauszufinden, was da vor sich ging.

In der Pause zwischen dem Heulen war ein Rauschen vor den Fenstern zu hören. Ich machte ein paar zu schnelle Schritte nach vorne und schlug mir die Stirn an der offenen Balkontür ein, sodass es sich anfühlte, als hätte man mir die obere Kopfhälfte mit einer stumpfen Machete abgeschlagen. Alles, was in einem Kopf Geräusche von sich geben kann, klingelte nun in meinen Ohren, während ich vor Schmerzen schreiend nach hinten kippte und vielleicht sogar ohnmächtig wurde.

Meine Augen, meine Finger waren von Blut verklebt, am Gang wurde mein Schreien von der unglücklichen Seele von vorhin wohl beantwortet, man hatte mich gehört, ich wankte zur Tür, öffnete sie nach dem Schlüssel fingernd überraschend zügig und stand vor Lisa, der guten betrunkenen Lisa.

Sie starrte mich an, ich konnte sie genauer betrachten, während ihre schwankenden Augen von meinem Kopf weiter nach unten wanderten.

»Ich brauche Hilfe«, sagte ich.

»Wo ist sie? Sie ist also bei dir?«

Ich kannte mich überhaupt nicht aus.

»Was hast du mit Marie gemacht?«, kreischte sie mich an und versuchte sich an mir vorbei ins Zimmer zu drängen. Ich packte sie fest an den Schultern, und als sie noch lauter kreischte, hielt ich ihr den Mund zu. Sie biss nach meinen Fingern, schnappte nach mir wie eine Verrückte. Leichte Panik auf meiner Seite, also schüttelte ich sie fest. Der Kopf torkelte an ihrem Hals.

»Beruhige dich doch«, versuchte ich sie zu besänftigen, und wollte sie fest an mich drücken, um sie zu wiegen und ruhig zu stellen, aber sie riss sich los und stand auf einmal blutverschmiert vor mir. Ich griff mir ins Gesicht, sah an mir hinunter, meine blutigen Hände und das blutverschmierte Shirt.

»Du hast sie umgebracht!«

Ihr Schrei wurde in einem der oberen Stockwerke durch das laute Zuschlagen einer Tür beantwortet. Ich musste handeln, mich entscheiden: ich griff nach Lisa, auch um sie endlich zum Schweigen zu bringen. Doch sie entwischte mir schluchzend und rannte den schmalen, hell erleuchteten Gang davon und hinaus, oder in einen anderen Teil des Gebäudes. Zu schnell für mich, und vom Stiegenhaus hörte ich Schritte und eine fragende Stimme.

Ich versuchte Ruhe zu bewahren. Ich befand mich in einer gefährlichen Lage, die mir auch jetzt im Nachhinein Rätsel aufgibt. Ich kann es nur als eine entschlossene Verwirrtheit bezeichnen, die mich ins Zimmer zurücktrieb.

In schlechtem Licht betrachtete ich mich im Schrankspiegel: von einer nicht einmal besonders übel aussehenden Fleischwunde an der Schläfe rann Blut über die Wange herab, tropfte auf das Shirt und mein Schlüsselbein. Gut, zusammen mit den dunklen Flecken auf dem restlichen Gewand gab ich wirklich ein unheimliches Bild ab. Würde schwer zu erklären sein, ich wippte auf den Fußballen hoch und nieder. Was tun? Meine einzige Chance lag in der Flucht. Eilig packte ich das restliche Zeug, das im Zimmer herumlag, in den Rucksack und schlüpfte in ein frisches Gewand. Das Shirt und die Boxershort wollte ich zuerst liegen lassen, doch ich entschied mich aus Sicherheitsgründen, sie in einem Müllsack gut verschlossen irgendwo draußen verschwinden zu lassen. Und da war ich auch schon durch eine Hintertür hinaus ins Freie gelangt und konnte das erste Mal seit Minuten befreit durchatmen.

Ich war in einem Hinterhof gelandet, und da, im dunkelsten Eck, waren auch die Mistkübel, Glück gehabt, mit einem schwungvollen Wurf entledigte ich mich des Müllsacks.

Wusste ich zu diesem Zeitpunkt, worauf ich mich eingelassen hatte? Nein, aber aufgeben wollte ich in keiner Sekunde, und mich stellen schon gar nicht. Ich würde mich zu verteidigen wissen. Kampfbereitschaft war es, die ich als neue Einstellung an mir beobachtete, denn ohne weiter nachzudenken durchsuchte ich die Werkzeugkiste, die wohl von Handwerkern über Nacht hiergelassen worden war, und packte einen Zimmererhammer und eine kleine Axt in den Rucksack. Schließlich steckte ich mir noch ein Schraubenzieherset in die Hosentasche. Wenn man sich in einer verfahrenen Situation befindet, ist es manchmal das Beste, die Situation für andere glasklar lesbar zu gestalten, vielleicht wird sie einem so selbst verständlicher. Ich beschloss mich an diese Regel zu halten, auch wenn ich mich dieses Mal eines Verbrechens, offenbar sogar eines Mordes, verdächtig machte.

Ich erkannte die hellen Fenster der Bar von vorhin, ein Wintergarten in Wirklichkeit, nicht mehr, im Freien Palmen und dunkle Farne, die zu schlafen schienen. Eine Tür im hellen Schein zu meiner rechten Seite öffnete sich und Heimo trat heraus, er wollte mich gar nicht so recht beachten. Vielleicht sah er mich auch nicht? Doch auch als ich aus dem Schatten herausgetreten war, zeigte er keine besondere Reaktion. Er trug einen Karton, gefüllt mit Flaschen und kam mir entgegen. Er ging an mir vorbei und leerte den Inhalt der Kiste in einen Mistkübel. Ich erkannte, dass ich mein Nachtgewand in den Behälter für Altglas geworfen hatte.

»Ich muss zum Krankenhaus«, sagte ich, »habe mich verletzt.«

Heimo drehte sich um, nickte und musterte mich von oben bis unten, fand wohl nichts Verdächtiges an mir. Doch als er sich wieder zur Kiste umdrehen wollte, sah er mich noch einmal an.

»Gut, ich bin dann weg.«

Wieder nickte er. Da ging ich schließlich tatsächlich los, wusste, dass ich hier nichts mehr verloren hatte.

»Entschuldigung«, hörte ich es hinter mir rufen, zuerst verunsichert, dann deutlicher und schärfer, »ich wollte noch sagen, dass Sie jemandem ähnlichsehen! Jemand hat nach Ihnen gefragt, vielleicht. Warten Sie!«

Doch da rannte ich schon auf die Straße hinaus, wollte nur noch weg von diesem Unglücksort.

Hinter mir, hörte ich, kam Heimo um die Hausecke: »Sie werden gesucht! Warten Sie doch!«

Ich hatte genug gehört. Das Dörfchen lag still hinter mir als ich querfeldein in die Nacht wanderte, vorbei an einer Baustelle und Apfelplantagen, einem Fußballplatz. Herrlich ruhig war es hier, sollten sie mich doch suchen, dachte ich wieder etwas selbstsicherer, niemand würde mich finden können. Ich musste es nur richtig anstellen.

Aber es gab in Wirklichkeit kein Auskommen, nicht in diesen beengten Gegenden und Tälern. Wohin hätte ich denn sollen? Es war sinnlos, mich in die Berge zu schlagen, sinnlos, weil für mich kaum machbar, und es würde mich auch nicht schnell genug von hier wegbringen. Sinnlos aber auch, weil gegen vier Uhr ein sanfter Regen einsetzte, vor dem ich schließlich schweren Herzens eine Stunde später Schutz nur auf einem Autobahnrastplatz fand. Die Autobahn selbst war nicht schwer zu finden gewesen, Lärm und Licht waren in der Nacht sogar noch ein deutlicherer Wegweiser als untertags. Einen Parkplatz zu finden kostete mich allerdings viel Zeit und einen schwierigen Fußmarsch durchs Dickicht die Autobahn entlang. Schließlich versteckte ich mich hinter den Toiletten im Dunklen unter einem Vordach. Kein Mensch weit und breit zu sehen. Die Autos und Lastwagen donnerten durch die Nacht an mir vorüber, diesmal war kein Franz-Henrik-Pavel dabei, der mich von hier hätte wegbringen können.

Denn, das muss ich zugeben, ich hatte Angst: davor, dass ich nicht restlos erklären konnte, es auch jetzt noch nicht kann, was in der Nacht bis dahin wirklich passiert war, mein schlechtes Gewissen ließ sich kaum beruhigen. Ebenso fürchtete ich, dass die Kopfwunde, die ich notdürftig mit einem zerrissenen Unterhemd verbunden hatte, wieder aufbrechen könnte. Es war genau dieser dumme Zufall der eigentliche Grund dafür gewesen, dass diese Person einen Verbrecher in mir vermutet hatte.

Ich war in einer aussichtslosen Lage, als sich aus dem nun schon stärkeren Regen ein Lastwagen dem Häuschen näherte und immer langsamer wurde. Ich erkannte einen

Sattelschlepper, sah die Plane des Aufliegers, schneller als ich denken konnte, war ich bereits mitsamt dem Gepäck unterwegs, hinter den Bäumen und Sträuchern, um nur ja nicht gesehen zu werden, Dämmstoffe und dann ein unleserlicher Schriftzug, vielleicht meine einzige Chance, von hier wegzukommen. Der Fahrer befand sich noch auf dem Weg zum Pissoir, als ich schon die Plane auf der Rückseite des Hängers löste. Während mir Regen und Schweiß die Sicht versperrten, der Behelfsverband sich schon zu lösen begonnen hatte, warf ich zuerst den Rucksack auf die Ladefläche und hievte mich dann selbst hinauf. Hinter mir brauste der stärker gewordene Frühmorgenverkehr auf zwei Fahrspuren vorbei, es sah so aus, als würde ich kein Aufsehen erregen. Ich war drinnen. Doch wie die Plane hinter mir wieder verschließen? Bei allen, bis auf die letzten drei, war es mir gelungen, sie von innen an der Bordwand zu befestigen, indem ich unter der Plane nach draußen griff und die Stellschraube verschloss. Während ich mich bemühte, stapfte draußen der Fahrer vorbei, der tatsächlich vorschriftsmäßig nach jedem Halt eine Sicherheitsprüfung an seiner Ladung vornahm. Mit spitzen Fingern hielt ich die Naht der Plane auf der Innenseite an das Metall gezogen und wagte nicht einmal zu atmen. Mein Schweißgeruch erfüllte den kalten, zugigen Raum und gleich darauf setzten wir uns in Bewegung und waren schnell schon auf der Autobahn. Geschafft, jubelte ich.

Zum Glück war es keine lange Fahrt, oder vielmehr hoffte ich, dass ich Gelegenheit dazu haben würde, auch wieder rechtzeitig von diesem Lastwagen herunterzukommen. Nicht nur, dass es fürchterlich kalt war, so kalt, dass ich zitterte, eine interessante Erfahrung zu dieser Jahreszeit, nein, es bestand die Möglichkeit, dass mein Fahrer vorhatte, an Trient vorbeizurauschen. Sollte ich mich mit ihm treiben lassen, egal wohin, froh, meinen Verfolgern vorerst einmal entkommen zu sein?

Ich setzte mich wieder auf meinen notdürftig aus Dämmplatten zusammengezimmerten Sitz, nachdem ich versucht hatte, durch die Planen hinauszulugen und von der Gischt, die der Lastwagen hinter sich herzog, nass gespritzt worden war. Es war offensichtlich, dass ich verfolgt wurde. Bezeichnend erschien mir die Reaktion des Kellners, der mich auf einmal nicht mehr gekannt haben wollte. Der ganze Vorfall, die ganze Nacht irritierte mich noch viel mehr, als ich es bis dahin geahnt hatte. Ich wischte mir Gesicht und Haare am T-Shirt trocken.

Verflucht, das war alles knapp gewesen! Wo war ich da nur hineingeraten?

Ich habe ja den Verdacht, dass Trient auch für den kaiserlichen Zug damals etwas Besonderes gewesen sein muss. Am 13. Dezember, ziemlich genau einen Monat nach ihrer Ankunft in Genua, erreichte die ganze Bande die Stadt Trient. Ihre Ankunft war wohl vorbereitet, sicherlich ein erster Eignungs- und Belastungstest der ganzen Reise bis dahin gewesen, denn es wird kein Zufall gewesen sein, dass in dieser Zeit das Konzil in der Stadt tagte, und wenn es doch ein Zufall war, dann wusste Maximilian ihn vortrefflich für sich zu nutzen:

Unter großem Aufsehen marschierte der Tross aus dem spitzen Schneegestöber heraus ein, die Bewohner Trients säumten den Weg des Elefanten auf ein hölzernes Abbild Solimans zu, aus dem nun unvermittelt ein Feuerwerk explodierte. Es war ein Triumphzug, der sogar die anwesenden Geistlichen beeindruckt haben dürfte.

Nun gut, von einem Triumphzug darf ich in meiner aktuellen Lage nicht ausgehen.

Ich musste so schnell wie möglich wieder hier herauskommen, einen möglichst kurzen Stopp in Trient machen, mich einmal umsehen, mehr war jetzt nicht mehr drin, um herauszufinden, ob es dort noch überhaupt irgendetwas von Elefantenhäusern zu sehen gab, ob die Stadt etwas mit meinen Interessen zu tun hatte, und nicht zuletzt nach Moritz fragen, und dann weiter flüchten. Da erst erkannte ich den Widerspruch und die Zweideutigkeit gleichermaßen der vergangenen Nacht. War nicht ich derjenige, der hier suchte und jetzt sollten andere nach mir suchen? Was konnte mit dieser Person bloß in dieser verfluchten Nacht geschehen sein? Ich war frustriert und wollte für einen Moment nur noch nach Hause zurück. Sollte ich Anna anrufen?

Wieder wagte ich einen Blick zwischen den Planen hindurch. Der Regen hatte aufgehört, die Fahrbahn war aber noch nass. Trotzdem erhaschte ich einen Blick auf das Ausfahrtsschild an der Gegenfahrbahn: *Fai della Paganella*, diese Ortschaft war mir schon einmal in meinen Notizen untergekommen.

Ein paar Minuten später passierten wir die Abfahrt *Zona Industriale di Lavis*, und das war nun tatsächlich ein Vorort von Trient. Noch immer befanden wir uns auf der Autobahn und von meinem Platz konnte ich ungestört hinaussehen. Es befand sich seit einiger Zeit schon kein einziges Fahrzeug mehr hinter uns. Ungerührt donnerten wir drei, der Fahrer, sein Lastwagen und ich, ein blinder Passagier, ein Flüchtling, der es auf einen Zug, einen Laster, ein Schiff geschafft hatte, weiter in den Süden.

Ich dachte an Jack London und seine Vagabundenreisen, im echten wie im erzählten Leben, an echte Flüchtlinge vor Calais, auch das war ich. Allerdings war ich selbst im Status des Flüchtlings privilegiert: ich konnte auf einer erträglich gemütlichen Bank mit guter Aussicht sitzen, die Kleider würden bald getrocknet sein und das Wetter war wieder exzellent. Zumindest in letzterem sollte ich mich gründlich getäuscht haben.

Vielleicht war ich aber auch geschickter als die anderen, ja, meine Stimmung besserte sich beinahe augenblicklich. Vielleicht war es doch das, was in Wirklichkeit zählte: Erfahrung und die Bereitschaft, aus Erlebtem lernen zu wollen.

Auch wenn sich diese Lernbereitschaft im Wesentlichen nur darin äußerte, konsequent in die entgegengesetzte Richtung aller anderen Flüchtlinge zu fahren. Haha, ich bin der Idiot, so stellte ich es mir in diesem Moment vor, der auf den Balkan fährt, um dort, von mir aus, ein Ferienressort zu betreiben, oder noch besser: einen Campingplatz, einen Golfplatz an der albanischen

Küste, kein Wohlstandsverlierer, ein Wohlstandverrückter vielmehr.

Was für eine Hetzjagd es bis hierher gewesen war! Leider, und das war die Kehrseite dieser kurzen Verschnaufpause, zeigte der Fahrer keine Absicht in Trient oder ihrer nächsten Umgebung stehenzubleiben.

Während die feuchte, grüne und schwere Landschaft an mir vorüberzog, saß ich bewegungslos, ein schwarzes Band ließ ich zurück und – wie passend – plötzlich wurde es dunkler um mich herum, ich vermutete mehr Regen und womöglich Gewitterfronten, die mein Weiterkommen zusätzlich erschweren würden. Überflüssige Gedanken, da ich noch immer auf dem Lastwagen gefangen war. Doch da fuhren wir schon in einen Tunnel ein. Ich erinnerte mich, dass die Autobahn in der Höhe von Trient durch einen Berg geführt wurde. Ich sprang auf, witterte meine Chance, meine einzige, und wurde sofort wieder zu Boden geworfen, der Fahrer bremste noch einmal und diesmal heftiger, die Motorstaubremse rüttelte an mir, wir wurden langsamer.

Es war duster, Autos, soweit sie in diesem Tunnel vorhanden waren, konnten sich nur im Stau vor uns befinden. Tastend raffte ich meine Sachen zusammen, der Laptop befand sich zum Glück in der Seitentasche des Rucksacks, ich schlüpfte in die Bergschuhe und sprang mit offenen Schuhbändern vom Anhänger. Der Gestank der Abgase war unerträglich und sofort krampfte ich mich zusammen, musste mich beinahe übergeben. Zu viele Aufgaben auf einmal: nicht doch noch im allerletzten Moment vom

Fahrer gesehen zu werden und doch schnellstmöglich von der Fahrbahn aus dem Sichtfeld der Fahrzeuge, die am Tunneleingang bereits die Scheinwerfer einschalteten, zu gelangen. Ich war wie gelähmt, ein würgender Hustenreflex zwang mich erneut in die Knie, doch ich raffte mich auf, warf den Rucksack über die Absperrung, hinter der sich ein dreißig Zentimeter breiter Notweg befand. Nichts rührte sich, ich schaute auf der Fahrerseite den Lastwagen nach vorne entlang, wartete noch ein paar schreckliche Sekunden und hechtete nun ebenfalls über das Metall.

Schmerzvoll schlug ich mir den Rücken an der Tunnelwand an und sah dann am Rücken liegend die gerippte Decke über mir, seltsame Konstruktion, wie in einem Abflussrohr aus Kunststoff, alles beweglich und frei und in einen unerträglichen Gestank und Staub gehüllt, der langsam wieder auf mich in der Stille der ausgeschalteten Motoren herabrieselte.

So lag ich also Minute um Minute da, bis die Motoren wieder gestartet wurden und davonzogen. Als alles vorbei war, stand ich auf, klopfte mein Gewand ab, betastete mich selbst nach Verletzungen, die Wunde im Gesicht hatte gehalten, ich war soweit wohlauf und machte mich auf in Richtung des kreisrunden Lichts vor mir und immer dann, wenn sich ein Auto ankündigte, legte ich mich wartend auf den Beton.

Trotzdem war ich nach einer Viertelstunde bereits wieder im Freien angelangt, wieder ein Stück mehr auf dieser Reise geschafft. Vielleicht betrachteten mich einige der Autofahrer irritiert, wie ich da nun auf dem Pannenplatz ohne entsprechendes Gefährt dastand und im Licht der Sonne blinzelte. Zur rechten Seite erhob sich der Berg und linkerhand lag die Stadt, die ich gesucht hatte. Ich konnte zwar nichts von ihr erkennen, aber wäre ich auf das Steinhäuschen, das da ohne ersichtlichen Zweck hingestellt worden war, hinaufgeklettert, dann hätte ich wohl die Etsch und dahinter Trient gesehen.

Keine Zeit für Spielchen, dachte ich da, ich wartete einen guten Moment ab und sprintete über die ersten zwei Fahrbahnen, ein Sprung und ich befand mich auf der Gegenfahrbahn, nein, auf dem Mittelstreifen, und dort, zwischen den Büschen, ließ es sich gut verstecken und auf eine Pause im Verkehr warten. Da erinnerte ich mich, dass ich seit langem kein Foto mehr von dieser Reise gemacht hatte. Direkt vor der Tunneleinfahrt war ein grünes Schild angebracht, auf dem in weißer Schrift *Trento Nord 6* zu lesen war. Ich suchte und griff nach dem Smartphone, weil ein Selfie jetzt in diesem Moment das Richtige schien, doch ich konnte das Telefon nicht finden. Und wieder kniete ich zwischen den Büschen, klopfte mein Gewand ein zweites Mal ab. Mit vor Wut rotem Kopf wurde mir klar, dass ich es auf der Ladefläche des Lastwagens noch in der Hand gehalten hatte und unbewusst, wie ich jetzt verstehe, sah ich in die Richtung, in die er verschwunden war. Ich hätte schreien können, aber erstaunlicherweise sagte ich nichts und gleich darauf gelang es mir, die nächsten zwei Fahrbahnen zu überqueren.

Während ich die frisch gemulchte Böschung der Autobahn hinunterstieg, blickte ich ein letztes Mal zurück: zumindest an der Tunneleinfahrt war keine Kamera angebracht. Hm, sagte ich mir, vielleicht war es mir auch gelungen, im Tunnelinneren unerkannt zu bleiben. Ja, vielleicht war es, abgesehen davon, dass ich nun ohne Telefon völlig allein war (und mich auch so fühlte), sogar ein guter Zufall, dass dieses verräterische Ding, das auf mich selbst, meinen Namen und alles, was mich offiziell ausmachte, hindeutete, nun alleine in Richtung Süden fuhr. Angenommen, der Fahrer hielt erst in Bologna wieder an, so würde der unweigerliche Fund des Telefons doch wohl genau ins Schema des flüchtigen Täters passen, der sich möglichst schnell und weit vom Tatort zu entfernen sucht. Wie groß war die Wahrscheinlichkeit, dass ich auf der Flucht schon nach vierzig Kilometern scharf abgebogen war? Sehr gering.

So dachte ich mir eine mulmige Lage schön, während ich einen Parkplatz überquerte und noch eiliger über einen großen Kreisverkehr rannte, in eine Prachtstraße die Etsch entlang einbog und nach einem halben Kilometer den Fluss über die *Ponte S. Lorenzo* überquerte. Da zog der Rucksack schon sehr an meinen Schultern, ich fühlte mich alt und den Strapazen kaum mehr gewachsen.

Der Bahnhof war leicht zu finden, ich hatte mich soweit beruhigt, dass ich wieder klar denken konnte. Warum auch nicht das Beste aus einer schon recht verfahrenen Situation machen? Also spielte ich das Spiel des Zufalls mit und löste an einem Automaten ein Zugticket nach

Padua, zahlte in bar und stieg aber stattdessen vor dem Bahnhof in den erstbesten Bus, der dort gerade vorfuhr.

Während ich mich zum Einsteigen anstellte, krachte ein Donner nieder und es begann stark zu regnen. Hatte ich gar nicht bemerkt, dass die Sonne wahrscheinlich seit Längerem bereits wieder verschwunden war. Der Bus war voll mit anderen Reisenden, eine größere Gruppe von Jugendlichen lärmte in den letzten Reihen, ich fand meinen Platz und begann mit diesem Eintrag hier.

Ich schließe nun, der Typ von vorhin sieht wieder seltsam in meine Richtung. Ich bin müde, gähne ohne Ende und mit jedem Mal lauter.

Donnerstag 26. Juli

Ich habe ihn gefunden. Ich habe Moritz wiedergefunden! Ich hätte seine Hand noch stundenlang halten können, dieser feste Händedruck, der ganz offensichtlich mich viel mehr beruhigte als meiner ihn. Moritz ist nicht mehr der Gleiche, der er noch vor zwei, drei Wochen war. Wo ist nur die Zeit geblieben? Das frage ich mich.

Es ist diese rasende Geschwindigkeit, die mich eines Tages zerbrochen haben wird. Ich wachte in diesem verfluchten Bus in dem Moment auf, als er gerade zum wahrscheinlich letzten großen Schlingern ansetzte. Zu den unbeschreiblichsten Gefühlen in meinem Leben wird ganz sicherlich gehören, aus einem tiefen, festen und erholsamen Schlaf geweckt worden zu sein und sofort und auf der Stelle, noch bevor einer die Augen aufgeschlagen hat, um den bevorstehenden Tod zu wissen, mit einer Sicherheit, die Zweifel nicht einmal mehr als eine Möglichkeit sieht.

Es muss diese Mischung aus Stößen, Schreien und ungewohnten Bewegungsabläufen während einer Busreise gewesen sein, die mich sofort handeln ließ. Noch bevor ich überhaupt etwas sehen konnte, rutschte ich von meinem Sitz in den Mittelgang hinunter und krallte mich, nicht instinktiv, nein, um meine Sterblichkeit wissend, fest, spreizte mich selbst ein, wo ich mit Händen und Füßen Halt finden konnte. Da überschlug sich der Bus auch schon zum ersten Mal. Zu meinem großen Glück rollten wir relativ zügig um die eigene Achse, denn als ich da das erste Mal so kopfüber hing, wäre ich beinahe aus meinem relativ sicheren Metallgestänge herausgepurzelt. Beim zweiten Mal wusste ich dann schon genauer, was da auf mich zukam.

Zwischen den abscheulichen Schmerzensschreien und dem rumpelnden Auf- und Aneinanderschlagen von Körpern trat mir jemand gegen den Kopf und auf mich drauf. Wahrscheinlich verlor ich für einen Moment das Bewusstsein, vielleicht war ich aber auch nur vollständig durch den Schmerz abgelenkt.

Plötzlich waren wir zum Stehen gekommen. Erst da war ich mir zum ersten Mal endgültig sicher, noch am Leben zu sein. Zum Glück standen wir wieder auf den Rädern, wie sich das auch gehört. Ich hob meinen Kopf, Dunkelheit und Stille. Da hörte ich eine Person stöhnen. Waren die, von denen nichts zu hören war, tot? Weiter hinten, oder vorne, ich wusste nicht, wo ich mich befand, wurde das Stöhnen lauter, um dann wieder zu verstummen.

Erst da richtete ich mich auf, schwindlig zwar, aber auf den Knien ging es dann schon leichter, ich kippte nicht um. Erst mit dieser Sicherheit zog ich mich an meiner Armlehne in die Höhe. Auf einmal wollte ich möglichst schnell aus dieser Hölle heraus. Das Dach des Busses war die ganze Länge hindurch eingedrückt, an den meisten Stellen musste ich mich bücken und einmal sogar auf allen Vieren weiterkriechen. Die Scheiben waren geborsten und es war kalt, überall lagen Menschen, die sich, in erschreckende Posen verrenkt, nicht mehr bewegten. Als ich vorsichtig über einen dicken Körper stieg, ich konnte nicht einmal sagen, ob Mann oder Frau, hielt mich eine Hand fest. Ich wäre fast in die Höhe gesprungen vor Schreck. Eine Frau sah mich an, sie war es, die ich vorher gehört hatte. Vorsichtig löste ich ihren Griff von meinem Unterarm, doch stur weigerte sie sich loszulassen. Sie lebte ganz offensichtlich, aber ihre Augen starrten glitzernd an mir vorbei. Erst da wurde mir klar, dass es auch draußen dunkel war und am Nachthimmel der Mond glänzte. Wo zur Hölle waren wir gelandet?

Verärgert versuchte ich, die Frau aus dem Sitz zu hieven. Sie war noch angeschnallt, das hatte ihr wahrscheinlich das Leben gerettet.

Mit einem zusätzlichen Gewicht auf den Schultern schob ich mich noch langsamer durch den Gang nach vorne. Den Fahrer erkannte ich sofort, obwohl er mit dem Gesicht nach unten und regungslos im Einstiegsbereich lag. Eine Blutlache hatte sich unter ihm ausgebreitet. Da roch ich zum ersten Mal den Diesel. In völliger Panik trat ich gegen die Tür. Sinnlos. In der ersten Sitzreihe ein Nothammer an der Wand, damit zertrümmerte ich die Windschutzscheibe endgültig. Durch das Loch schob ich keuchend die Frau ins Freie und kletterte ihr hinterher.

Draußen zog ich sie an den Schultern weiter vom Wrack weg. Na ja, dachte ich, wenigstens ein Leben gerettet. Ich drehte mich völlig erschöpft, weinend beinahe, denke ich jetzt, zum Bus zurück: Es tritt im Leben eines jeden Menschen der Moment ein, wo das Unbewusste unweigerlich ausbrechen will. Ich für meinen Teil sagte mir, dass es ein guter Zeitpunkt war, um ohne größere Umstände ein Held zu werden. Ich brauchte nur die noch lebenden Businsassen in Sicherheit bringen. So einfach würde das sein, war ich mir sicher, als ich mich auch schon in Bewegung setzte, um berühmt zu werden. Plötzlich war hinter dem Wrack ein kleiner, heller Fleck zu sehen, der sich im nächsten Augenblick als oranger Feuerball keuchend und nach Luft ringend im Busgerippe ausbreitete. Es machte ein dumpfes Zischen und der Bus explodierte.

Die Frau bewegte die Augen, es ging ihr vielleicht schon wieder besser. Darüber war ich froh, denn ich hätte nicht gewusst, was mit ihr zu tun war: wir waren allein, kein Licht weit und breit bis auf den brennenden Bus vor uns. Ich kniete mich noch einmal neben sie und beugte mich zu ihrem Ohr.

»Können Sie die Arme bewegen?«

Sie hob den Zeigefinger der rechten Hand.

»Und die Beine?«

Doch das wollte ihr nicht gelingen.

»Egal, kommen Sie, wir müssen weg von hier.« Sie schloss wieder die Augen, aber ich ließ nicht locker und mit meiner Unterstützung stand sie schließlich auf den Beinen, zitternd zwar, aber immerhin. Im Feuerschein sah ich sie mir genauer an: zerschlagenes Gesicht wie nach einer Prügelei, aber ansonsten?

»Sie sind ja gar nicht verletzt«, sagte ich überrascht.

Sie bewegte sich vorsichtig. »Das fühlt sich aber nicht so an«, ihre ersten Worte überhaupt.

»Kein Wunder«, sagte ich, »wenn mein Gesicht so aussehen würde wie Ihres, kommen Sie«, unterbrach ich mich selbst, als sie zu weinen begann, »so war es doch nicht gemeint, wir haben diesen Wahnsinn überlebt, und dieses blaue Auge und ein paar Prellungen, das ist nichts in Wirklichkeit. Sie haben Glück gehabt, dass Sie angeschnallt waren. Der Gurt hat Ihnen das Leben gerettet.«

Als sie sich die Tränen wegwischen wollte, zuckte sie vor Schmerzen zusammen.

Na ja, sie musste froh sein, das hier überlebt zu haben.

Sie schluchzte aber natürlich trotzdem. Verständlich.

☆

Hier in Norditalien hätte ich am Allerwenigsten erwartet, dass es möglich wäre, in die dunkelste aller Nächte zu gehen. Gut, soviel Wirklichkeit muss sein, in wenigen Momenten, wenn die ziehenden Wolken des vergangenen Unwetters es zuließen, leuchtete der Mond mir den Weg, in den anderen tastete ich mich allerdings nur mühselig weiter.

War es nicht so, dass ich mich hier in einer der dichtest besiedelten Gegenden Europas bewegte? Der Mensch hat das Licht mitgebracht, das ist bekannt, also war ich gestern Nacht etwa in einer Wildnis ohne Grenzen gelandet? Vielleicht hätte ich meine Leidensgenossin aus dem Bus doch nicht so leichtfertig zurücklassen dürfen, aber ich war mir sicher gewesen, innerhalb kürzester Zeit auf eine Siedlung, ein Haus, Hilfe in welcher Form auch immer zu stoßen. Da hatte ich mich getäuscht.

Aber eigentlich hatte ich sie zu diesem Zeitpunkt schon längst vergessen, ich wusste nicht einmal mehr ihren Namen. Ich gestehe das gerne, es ist mir egal, es war mir auch egal, als ich mich an einem Holzsteg vorwärts tastete, immer in der Angst, in etwas hinabzustürzen, das ich von meinem Platz aus nicht einmal erkennen konnte. Ich bewegte mich auf einem ausgetretenen Pfad, der für Wanderer, Touristen oder vielleicht sogar Förster, Jäger, was wusste ich, gemacht worden war. Ich war ohne jede Orientierung, als ob ich in einem anderen Teil der Welt gestrandet wäre. Ich musste weg von hier, es war kaum auszuhalten, lächerlich und erniedrigend dort herumzuirren. Links von mir den Berg hinauf war eine steile Felswand zu erkennen, die ich sicherlich hinaufzuklettern in der Lage sein würde. Gesagt getan: ich suchte nach einem Griff in der Wand und hievte mich hinauf. Als ich erst einmal unterwegs war, ging alles überraschend einfach. Ich fand Halt. Hier, wo mich kein Schatten mehr versteckte, schien der Mond noch viel größer als vorhin im Bus. Ich kletterte ein paar Meter die Wand hinauf und gelangte auf eine Schräge im Fels, auf der ich mich auf die Knie und dann ganz aufrichten konnte. Es war eine gute Idee gewesen, auszubrechen, sagte ich zurückblickend, von diesem Weg abzubiegen und hierher zu kommen, wo ich einen guten Überblick über meine Lage hatte. Unter mir breitete sich ein weites Tal aus, die Felswand unter meinen Füßen hatte unbeschreiblich große Ausmaße, unterbrochen von aus ihr herausragenden Steinhügeln, Wucherungen, einer Haut gleich, und grünen Flecken, Gebüsch und kleinen Wäldchen, streckte sie sich im grauen Licht über die gesamte Bergflanke aus, manchmal steiler, manchmal flacher, ohne dass ich ihr Ende erkennen hätte können. Ich befand mich auf halber Höhe, im steilsten Teil, soweit ich das von meinem Standpunkt aus beurteilen konnte.

In der Ferne sah ich eine Siedlung und da und dort noch eine und immer mehr Lichter blitzten auf und mit ihnen kehrte ein bisschen Zuversicht zurück. Ich drehte mich zum Berg zurück und mit einem kühlen Wind in meinem Rücken kletterte ich gebückt weiter und immer höher hinauf, als wäre ich einem Meer entstiegen und hätte das rettende Land erreicht. Da war wieder dieser Italienurlaub, an den ich schon in Bischofshofen gedacht hatte. Das Gesicht des Vaters, der scheinbar über das Meer gesehen hatte. Wo waren wir da eigentlich in Wirklichkeit gewesen? Hätte ich den Kontakt nicht in Wirklichkeit vor Jahren schon abgebrochen gehabt, ich hätte ihn jetzt fragen sollen.

Überall im glatten Fels Griffe, die sich mir beinahe aufzudrängen schienen, keuchend sah ich mich um. Überall rund um mich herum waren Symbole und einfache Bilder in den Stein gekratzt und geschlagen. Hier und dort, auf jedem Quadratmeter, unter meinen Füßen, überall. Ich machte einen Schritt zur Seite, tatsächlich, ich hatte mich nicht getäuscht: meine rechte Sohle war im Abdruck eines rechten menschlichen Fußes gestanden, kleiner als meiner und von Gravuren waagrecht, senkrecht und diagonal wild durchzogen, aber die Silhouette war eindeutig. Was hatte das zu bedeuten? Ich kniete mich nieder, fuhr mit vorsichtigen Fingerkuppen über den Grund. Ich blickte noch einmal um mich. Da erst verstand ich, dass die gesamte Felswand von Millionen kleinen geschlagenen Löchern übersät sein musste, die zusammengeführt einzelne Bilder, Schriften und Symbole, Zeichen zuallererst, ergeben würden. Suchend blickte ich um mich. Direkt vor mir eine menschliche Figur, ein Mensch, krude geritzt und doch beinahe gezeichnet und mir so nahe, dass ich Tränen in meinen Augen spürte. Fast schien die vielleicht dreißig Zentimeter hohe Figur davonlaufen zu wollen. Auf dem Kopf trug sie sechs oder sieben geschwungene Kratzer, die wohl eine Krone darstellten. Mit Elan und Dynamik hatte ein völlig unbekannter Künstler wahrscheinlich vor mehreren tausend Jahren ein Wegschild für mich hinterlassen, stellte ich mir vor.

Ich kletterte weiter zu einem Felsbrocken, der massig aus seiner Umgebung herausragte: geschabte Pfeilspitzen und ein lieblich geschwungenes Muster waren im Licht des Mondes zu erkennen. Weiter weg dann die gejagten Tiere: Hirsche, Rinder, Auerochsen vielleicht, was wusste ich schon von solchen Geschöpfen. Das Wild wurde von einem Mann mit Speer auf einem Pferd gejagt. Wie richtig die Handwerker, die Künstler, die wichtigsten Eigenschaften der Tiere erkannt hatten: ein massives

Geweih und dünne, kraftvolle Beine, was mehr braucht das Rotwild?

Ein Duell dann, ein Mensch mit Kopfschmuck und ein ebenso mit einem Schwert bewehrtes Gegenüber, kleiner, aber auch agiler, das war sofort zu erkennen, die sich um ein Symbol in ihrer Mitte bekriegten, sich vielleicht aber auch nur in einer rituellen Auseinandersetzung befanden.

Immer wieder Blütenblättern ähnliche Skizzen, sie erinnerten mich an Rosen mit zu wenigen Blättern, vielleicht waren es auch Schmetterlinge, ja, das war es wohl, aber es waren zu viele davon zu sehen. Also doch Blumen. Schau an, sagte ich mir, das ist der Weg, das alles zu verstehen, nachdenken und dich von allem Wissen, dass du dir jemals angeeignet hast, leiten lassen, der Hausverstand, das ist der gleiche wie schon vor fünftausend Jahren, oder?

Doch ich wollte nicht stehen bleiben, ich kletterte auf der weniger steilen Fläche umher und zwischen all den Schriften, die doch kein Mensch verstehen konnte, kehrte ich in einem großen Kreis zu meinem Ausgangspunkt zurück und da war auch schon der Laufende wieder zu sehen. Doch halt, eine Figur hatte ich vorher übersehen, wer war dieser eckige Quadratmensch, keine fünfzehn Zentimeter hoch, einen V-Ausschnitt wie bei einem Pullover, ein Wams also, die Beine, dünn wie ein Strich ins Gestein geritzt, steckten in Stiefeln und in den Händen trug er einen Wanderstock, und im Schritt hing ein Penis. Doch auch ohne diese zusätzliche Information war es klar, wer mit dem Wanderer da vor mir gemeint war.

Ich lachte laut auf.

Ich kroch endgültig zum Laufenden zurück und betrachtete ihn noch einmal länger. Da erkannte ich, dass ich auch dieser sein musste, genauso wie ich der Wanderer von vorhin war. Genau da hielt mir jemand einen Spiegel vor: das war ich auf meiner Reise bis hierher. Also, schloss ich, würde meine Reise auch hier enden. Wer auch immer mich hatte hierherbringen wollen, ich war angekommen.

Ich lachte noch einmal herzlich und setzte mich neben den laufenden Priester, denn genau das war er, einer, der den anderen etwas auf ihrem Weg vorzuzeigen hatte. Ich zündete mir eine Zigarette an und starrte ins Tal hinunter. War ich am Ziel meiner Reise angekommen? Ich wusste es ehrlich gesagt nicht. Was also tun?

Die meisten dieser Felszeichnungen waren ein Schwarm aus vielen Einzelpunkten, Pointillismus, ja, ich wusste, dass das kein Pointillismus war, aber ich konnte es nicht besser beschreiben. Und dennoch, es war genau diese strenge Komposition und das feierliche Moment in jedem einzelnen Bild, das mich weiter in diese Richtung denken ließ. Ich war in einem Museum gelandet, das Tausende von Jahren alt war und das Besondere: es handelte sich um ein Museum, das durchlässig und im ewigen Werden begriffen war, das war selbst mir als völligem Dilettanten nicht entgangen. Ich will mich nicht abwerten, wenn ich mich so bezeichne, wohlgemerkt, ich war in jeder Hinsicht ein Laie geworden, ich hatte meine Ausbildungen hinter mir gelassen und das Stadium des Laien und Dilettanten erreicht, das vielleicht sogar, dämmerte es mir da, mein letztes sein würde. Eine überraschende Leere hallte in mir nach, ich fühlte mich sehr gut befreit, weh mir, dachte ich gleich ganz pathetisch, wehe mir, du hast erkannt, dass du nichts als eitlen Tand besessen hast: kein Wissen erinnernswert, das halbe Wissen, das nicht nur kein halbes Wissen ist, sondern in letzter Konsequenz der Feind von Wissen selbst. Ich wusste von allem ein bisschen, von allem gerade so viel, dass sich keine Aussicht auf Lösung meiner und meines Sohnes Lage ergeben würde. Ich fühlte die Tränen in meine Augen steigen. Mit dem rauen Stoff der Regenjacke fuhr ich mir in die Augen, reizte sie noch mehr, bis ich einen Grund für die Tränen gefunden hatte. Ich hob Kopf und Schultern und sah mich aufs Neue um: Wie viele Abbildungen sich hier befinden mochten, war unmöglich sich auch nur vorzustellen. Es war eine Zeremonie, der ich mich ausgesetzt hatte, der ich beiwohnen durfte und ich genoss es, suhlte mich in der gesamten Menschheitsgeschichte, die sich hier auf diesen Felsen und wahrscheinlich im ganzen Tal und wer weiß wie weit noch in diesem Teil Italiens ausgebreitet hatte. Ich war froh, dass ich hier angekommen war.

Noch einmal zündete ich mir eine Zigarette an, es war die letzte in der Packung gewesen, und sah in den Himmel, neben dem sich links der Morgen von weitem ankündigte.

Wenn ich jetzt nur Hammer oder Axt dabeigehabt hätte, aber die waren im Bus zurückgeblieben, dachte ich, und griff nach den Schraubenziehern, die noch immer in meiner Hosentasche steckten, dann würde ich aus Dankbarkeit ein Felsbild beisteuern wollen, als ich das weit entfernt schlagende Zeitlupengeräusch von Rotorblättern hörte. Na ja, klar, sie hatten das Morgengrauen abgewartet, um nach Überlebenden zu suchen, oder auch nur den Ort erreichen zu können. Was wusste ich schon, wie tief wir mit dem Bus hinabgestürzt waren?

Ich sah auf den zitternden Schraubenzieher in meiner Faust, in einer Felsspalte lag ein Stein, den ich sogleich wie einen Hammer ergriff. Und dann begann ich, zwischen dem laufenden Priester und dem fröhlichen Wanderer Punkt für Punkt mein Bild hinzuhämmern.

☆

Als ich die Augen schlaftrunken öffnete, erkannte ich ihn trotz seines Vollbartes sofort.

»Moritz!«, schrie ich, »Moritz, mein Kind! Ich habe dich gefunden! Moritz!«

Ich war außer mir vor Freude. Moritz hielt mich fest in seinen Armen, ich roch den Kunststoff der Regenjacke, schmeckte die Feuchtigkeit des Morgentaus auf seinen Lippen, seinen Wangen. Hinter Moritz standen viele andere Männer in seinem Alter: rote Uniformen, gelbe Warnwesten, Helme, das musste eine Art Bergrettung sein. Dazwischen zwei Gestalten in Förstergrün gekleidet. Auf ihren Rücken las ich mühsam die gelb gestickten Wörter *Incisioni Rupestri della Val Camonica*.

Vom Valcamonica, dem Tal mit den uralten Felsritzungen hatte ich schon gehört. War ich hier gelandet? Äußerst rätselhaft, dachte ich. Alle lachten mich froh an und stießen einander sozusagen in ihre Seiten, begeistert, mich gefunden zu haben, das letzte Opfer des Busunglücks.

»Vater, beruhige dich doch«, sagte Moritz. Er hatte tatsächlich einen echten Vollbart, so wie ich ihn immer schon getragen hatte.

»Wann bist du nur so groß geworden?«, murmelte ich und musste mich wieder setzen, denn es wurde mir jetzt alles viel zu viel Getue um die normalste Sache der Welt. Ich wollte Ruhe. Die Männer der Bergrettung wollten mich auf einer Trage fixieren.

»Könnt ihr gleich wieder vergessen«, sagte ich mit einem matten Winken aus dem Zwielicht des Morgens, »ich leg mich da sicher nicht rauf.«

Der Hubschrauber knatterte über uns hinweg aus dem Tal hinaus.

Später, als sie mich verarztet hatten, ich fühlte mich wie ein Boxer, der seinen Kampf überraschend verloren hat, war ich auf einmal traurig geworden, und doch, als ich Moritz wieder neben mir hatte, wollte ich froh sein. Ich betrachtete ihn stolz, nahm seinen sorgenvollen Blick doch wahr.

»Mach dir keine Sorgen«, sagte ich, »kein Problem«, und tätschelte sein Haar, wie ich es früher immer getan hatte.

»Von wegen kein Problem!«, antwortete er, und wir beide lachten wie über ein gut geteiltes Geheimnis.

»Wir sollten dich nach Hause bringen, oder?«

»Das sollten wir wirklich, Papa.« Er lachte schon wieder.

»Haben wir hier noch irgendwelche Formalitäten zu erledigen?«

»Ich wüsste nicht welche.«

»Na ja«, sagte ich vage, »Bergrettung und Suche, du kannst dich an die Geschichte erinnern, Kurt und die Bergrettung in Frankreich.«

Moritz lachte noch einmal. »Daran kannst du dich erinnern?«

»Na klar, er hat sie oft genug erzählt.« Jetzt musste auch ich lachen. Kurt und seine Rettung um tausende von Euro. Die französische Bergrettung, so beendete er seine Geschichte jedes Mal, akzeptierte auch Ratenzahlung.

»Kein Problem, Papa, du giltst hier als Unfallopfer. Keine Kosten. Kein Kurt.«

»Dann spricht ja eigentlich nichts dagegen, dass wir so schnell wie möglich nach Hause fahren.«

»Fahren wir, Papa, fahren wir zurück. Deine Frau wartet schon auf dich.«

Das bezweifelte ich, aber es war ein netter Versuch von ihm gewesen.

☆

»Kannst du mir einen Kaffee mitbringen?«

»Klar«, sagte Moritz. Das Berggewand hatte er in seinem Rucksack verstaut. Nur ich war noch in meinen alten Sachen. Was für eine Reise. Was für ein Ende einer gewaltigen Reise, ein Ende, das mir ein würdiger Abschluss eines großen Abenteuers schien: ein Kind war mit mir losgegangen und einen Erwachsenen brachte ich wieder zurück.

Moritz kam schwankend mit zwei Bechern den Gang entlang vom Bordrestaurant zurück. Hoffentlich hatte dieser Zug einen vernünftigen Kaffee.

Hatte er.

Und: »Snack mit Schinken und Käse. Plastik- und vakuumverpackt.«

Ich schlang das Essen hinunter. Moritz ermahnte mich, langsamer zu essen.

☆

Am neuen Hauptbahnhof wartete Anna schon auf uns. Mein Gott, dachte ich, zum Glück hat diese Suche ein Ende. Ich winkte ihr zu und sie winkte froh zurück.

»Komm«, sagte ich zu ihm, »zier dich nicht so, dort ist deine Mutter, ich habe dich schließlich heil zurückgebracht.«

Doch er sträubte sich. Wollte nicht vorangehen. Wollte nicht wahrhaben, dass auch er auf dieser viel zu langen Reise erwachsen und so viel älter geworden war. Wanderer waren wir beide und ich war stolz auf mich, dass ich meinen Sohn gesund nach Hause gebracht hatte.

»Was habe ich«, fragte ich ihn noch schnell, bevor wir in Hörweite seiner Mutter waren, »eigentlich in dieser

Felswand für ein Bild hinterlassen? Ich kann mich gerade überhaupt nicht erinnern.«

Moritz sah zu mir herunter, er schluckte und sagte mit Tränen in den Augen: »Ach, Papa, du hast einen großen Elefanten mit einem Mann und einem Kind links und rechts davon Punkt für Punkt ins Gestein geschlagen und bist darüber eingeschlafen. Ich dachte schon, dass dich die Archäologen vom Valcamonica vor Ort umbringen werden«, er lachte bitter, »aber es rührt mich, dass du dich an die alte Geschichte erinnert hast, wenn du dich schon sonst an nichts mehr erinnerst«, und die Tränen kullerten nur so über sein Gesicht. »Weißt du überhaupt, wo du da gelandet bist? Ja? Und da hämmerst du dich dazwischen, in die Ewigkeit hinein?«

Doch ich wollte die Tränen des Kindes gar nicht so recht wahrhaben, und wenn sie sich nicht wegleugnen lassen sollten, dann mach doch um Gottes willen einfach Freudentränen daraus, ermahnte ich mich.

»Anna«, sagte ich und schob Moritz vor mir her, »ich habe dir deinen Sohn zurückgebracht.«

Ende

Etwas befindet sich vor mir. Ich schlage die Augen auf, es fühlt sich an wie ein Ruck, der an meinem gesamten Körper zieht. So verloren wie nach einem Traum, an den man sich nur vage erinnert, starre ich lange Zeit an die hölzerne Decke über mir.

Ich liege also auf dem Rücken auf meinem alten Bett im Obergeschoß unseres Hauses in Sonnseit. Ich weiß gar nicht, was ich hier eigentlich mache, der Temperatur und dem Licht nach zu urteilen, muss ich mich zu einem Nachmittagsschlaf hingelegt haben. Trotz dieser lästigen Hitze und der verbrauchten Luft möchte ich liegen bleiben, nur den Kopf drehe ich langsam zum Fenster, durch das das Sonnenlicht träge den Staub im Zimmer tanzen lässt. Ich bin müde und geschwächt. Soweit ich das von hier aus beurteilen kann, ist das nichts Schlimmes. Denn das ist die Wirklichkeit, ich liege nicht bei mir, transportiert in ein Irgendwo, mag ich mich nur noch aus der Ferne beurteilen. Lässt sich aus der Distanz etwas Besonderes erkennen? Nichts Schlimmes, das ist in der Zwischenzeit das Beste geworden. Noch langsamer schließe ich die Augen wieder, vielleicht schlafe ich ein, ich öffne sie jedenfalls erst, als eine Stimme aus dem Garten heraufruft.

»Oma, Oma«, höre ich Luke so klar rufen, als würde er vor mir stehen. Angestrengt lausche ich, doch ich täusche mich nicht: Anna reagiert nicht auf sein Rufen. Da fällt mir ein, dass sie mit Lukes Eltern einkaufen gefahren ist. Ich muss eingeschlafen sein, während ich auf das Enkelkind hätte aufpassen sollen. Doch noch immer bin ich viel zu müde, um auf ihn zu reagieren.

Natürlich ruft das Enkelkind kurz darauf nach mir. Früher wäre mir das Herz aufgegangen, und obwohl ich ähnliches zu spüren glaube, möchte ich jetzt doch auf keinen Fall haben, dass er zu mir heraufkommt. Lange werde ich vorhin wohl nicht geschlafen haben, auf dem schlingernden Schiffboden liegt das Lichtquadrat noch am selben Platz.

»Opa«, ruft Luke wieder, »die Vogelküken sind ausgeflogen!« Das klingt wie aus einer ungewohnten Zeit, so glücklich und unglücklich im gleichen Moment fühlt sich alles auf einmal an, so heiß, voller Angst und Sorge und der Hoffnung, dass sich letztlich alles zum Guten wenden wird. »Das Nest ist leer!«, ruft er.

Ich hoffe, dass er nicht die Stufen herauf gepoltert kommt, so wie ich es, trotz Annas Protesten, Moritz beigebracht habe, immer wieder und wieder waren wir hinauf und hinunter getobt, so lange geübt, bis er es dreißig Jahre später auch seinem Sohn beibringen musste.

Ich weiß, dass es sich bei den Vogelküken um die Bachstelzen handeln muss, aber alles andere liegt so weit in der Vergangenheit, bleibt so vage, dass es in Wirklichkeit, ich stelle mir das nur vor, in einem anderen Leben hätte geschehen sollen. Eine böse Nervosität erfasst mich. Was ist mit mir passiert? Wohin wird das führen? Mit den Fingerspitzen reibe ich mir heftig die Schläfen und langsam kehrt die Erinnerung zurück, wie ein Hauch, ein Flüstern in beide Ohren zur gleichen Zeit, und ich nehme mir mehr davon, Stück für Stück, in kleinen Bissen. Ich sehe den kleinen Vogel vor mir, wie er nervös mit dem Schwanz wippt und mir kaum in die Augen sehen kann und wir beide dennoch nicht den Blick von einander lassen können, bis er schließlich nachgibt und in zu großen Hüpfern zum Bach hin und von mir weg flüchtet. Noch einmal würde ich jetzt gerne die Zeit anhalten können, wieder bin ich wie erstarrt vor der Schönheit des Tieres, das mich nicht brauchen kann. Die scharfen Kontraste der Farben im Federschmuck, die trotz ihrem Grau und Schwarz beinahe blau leuchten, und der wippende Schwanz sind aber nur eine Wiederholung von längst Vergangenem. Es ist nicht mehr als von hinten hervorgekramtes Detailwissen, letztlich erinnere ich mich nur, dass Moritz Luke immer erzählte, wie oft er an die freundlichen Bachstelzen in Sonnseit dachte. Moritz und sein Sohn, Luke, der Name ist wohl unglücklich gewählt, aber ich bin mir im Klaren darüber, dass ich mich wie alle Großeltern verhalte.

An dieser Stelle fällt mir auf, dass ich den Vogel nie wiedergesehen habe. Wenn ich mich also erinnere, erfühle ich Prozesse, die außerhalb unserer Wahrnehmung liegen und über die ich letztlich immer nur bei anderen gelesen habe. Hier hätte ich damals einhaken sollen, um mich, einmal nur, gegen die beständig und gnadenlos nachrückende Zeit zu stemmen. Warum? Weil ich viel zu ehrfürchtig vor der Idee gestanden war, dass es etwas gibt, dass dort wirkt, wo wir Menschen heute nicht die geringste Möglichkeit des Zugriffs, geschweige denn der Lenkung haben, dass es also eine fortschreitende Entwicklung ohne uns geben könnte. Wie aufregend und zugleich besorgniserregend mir dieser Fluss, älter als unser Denken unter uns fließend, vorgekommen ist. Ein Strom, der uns fortreißen will, vermutete ich wahrscheinlich. Aber jetzt, wo ich ihn erlebt habe, erscheint er mir keineswegs als rasender Taumel, sondern als, ich stelle mir eine Frage, unvermeidliche Reise. Er schien besorgniserregend, weil ich ihn immer, die ganze verdammte Zeit, hinter mir wusste und ich mich angstvoll nach ihm umdrehte, er erschien mir aber zugleich verheißungsvoll, weil er mich mitzunehmen versprach. Wohin, davon hatte ich keine Vorstellung, ja, mir war nicht einmal bewusst gewesen, dass ich mich überhaupt auf ein Ziel hinbewegt hatte. Ich drehe mich wieder zur Seite, ins Licht, wollte diesen Strom nie gehabt, sondern meinen eigenen Weg verwirklicht haben. Wieder muss ich die Augen vor der Sonne verschließen, als sich plötzlich der Keil eines kaum fassbaren Traums zwischen mich und meine unglückliche Gegenwart drängt. Zuerst bin ich mir gar nicht sicher, ob das ein Traum gewesen ist, dann, als ich etwas zu ahnen beginne, weiß ich nicht, wann ich ihn geträumt haben sollte: gerade vorhin? Irgendwann, vor langer Zeit einmal? Es ist das alles nur ein Wunsch, kaum als Möglichkeit vorstellbar, dass ich aus winterlichen, eiskalten Gewässern herauswate, mich freikämpfen könnte von allem, was geschehen ist, aber schon sehe ich, dass das unerträglich schwer sein wird: kalte Seile werden mich nicht loslassen wollen. Woran kann ich mich erinnern? Diese Frage hallt trocken in mir nach. Moritz hat mich das einmal vorwurfsvoll gefragt, das weiß ich noch genau, aber alles andere ist verloren, als wäre es nie geschehen. Sobald ich zurückblicke, sehe ich nur mehr die Bachstelze, und jetzt, das sind die Mühen, die sich lohnen, plötzlich wie ein freudiges Wiedersehen, den Elefanten. Ich sehe ihn ganz deutlich vor mir, zum ersten Mal überhaupt in allen Details und mit einem ernsten Blick, der auf mich zurückfällt, und da kommt es mir vor, als ob ich tatsächlich nach vorne sehe, wo sich eine Möglichkeit auftut, und nicht mehr nur nach hinten, wo immer nur Unsicheres und Brüchiges gewesen schien. Jetzt steht das Enkelkind im Raum unter mir, ich kann ihn beinahe vor mir sehen, höre seine Schritte, wenn er jetzt nur noch nicht heraufkommt, hoffe ich.

Wie der Elefant aussieht? Er sieht müde und freundlich aus, als hätte er eine lange, beschwerliche Reise hinter sich gebracht, ein altes, graues Tier, doch nur scheinbar schwerfällig, wie ich vermute. Zum ersten Mal nach diesen langen Jahren fühle ich mich gut aufgehoben und zu meiner Überraschung fällt mir eine Geschichte ein, die ich vor langer Zeit einmal gehört oder gelesen habe, von einem Elefanten, der als triumphales Beutestück, als das fremdeste Juwel unter allem Fremden, in der Stadt auftauchte, aus der ich selbst komme, Wien. Die Legende wollte ihn zuallererst als Freund der Menschen sehen und dichtete ihm die Rettung eines Kindes an, das sich, unvorsichtig wie wir Menschen sind, im Trubel der Menge vor seine Füße verirrt gehabt hatte: vorsichtig hatte das Tier das Kind mit dem Rüssel genommen und der Mutter in die Arme gelegt. Das wird mir jemand erzählt haben, vermute ich, vielleicht war es Moritz? Diese Freundlichkeit ist es, die mich erschüttert, weil sie mich selbst betrifft, wo mich angeblich doch ein Leben lang nichts betroffen haben soll. Die Enttäuschungen und die Trauer, wenn sie nicht existiert hätten, wir hätten sie vermisst. Fühlt sich da nicht alles wie eine einzige, große und lange Reise an? Ein Fliegen über die Täler und Berge, die Hügel und Städte und Flüsse, und alles nur, um dabei langsam und besonnen in das eigene Gesicht und Leben zu blicken, so tief wie möglich, um zu verstehen, was uns geschehen ist. Die Analyse der langsamen Prozesse des Wachsens außerhalb unserer täglichen Wahrnehmung war das Versprechen an die Gegenwart gewesen, das eine durch das jeweils andere erklärbar gemacht zu haben, aber genau dazu hatte ich mich wieder und immer wieder umdrehen müssen.

Endlich stehe ich auf, der linke Ellbogen schmerzt, aber ich erinnere mich, dass das schon immer so gewesen ist. Im kreisrunden Spiegel an der alten Holzwand betrachte ich mich selbst und beginne zu verstehen, was mir passiert ist. Besser sich jetzt im Schlingern am Tisch vor mir gut festzuhalten. Der angstvolle Blick zurück sah das Abstürzen des berstenden Landes, das untergraben, unterspült worden war, ohne dabei zu bemerken, dass im selben Moment neue Landschaften entstanden waren.

Das Alter kommt mir auf einmal etwas weniger furchteinflößend vor, im Moment spüre ich es als freundlichen, grauen Begleiter, dem Elefanten gleich, neben mir. Ich bin beinahe so etwas wie gerührt, weil ich die Möglichkeit sehe, einen Platz in der Zeit und ihrer Geschichte für mich selbst zu finden, etwas, das ich nie gehabt, aber auch nie vermisst hatte.

Die Sicherheit, die mich überkommt, beschränkt sich leider auf den Erkenntnisgewinn allein. In Wirklichkeit wurde nichts für mich geregelt und es fühlt sich so an, als würde sich das gesamte Mittelmeer unter mir bewegen, auf den Wellen wurde ich geboren und an der See möchte ich mich für immer festhalten. Das sind Liedzeilen aus meiner Kindheit, erinnere ich mich, das habe ich doch noch nie selbst gesagt, oder? Im Italienurlaub, dem einzigen, das weiß ich nun schon ein ganzes Leben lang, ist mein Vater jeden Tag am Abend am Strand gestanden und hat über den Horizont ins fremde Nichts gestarrt. Ungekannte Wogen fordern mich heraus, niemals Ausgesprochenes hat mich immer schon herausfordernd gemustert und dabei ausgelacht. Jetzt muss ich mich mit beiden Händen abstützen, der Elefant hat mir einen Schubs gegeben, lache ich überrascht auf. Ich komme nicht von hier, wo ich gerade bin und ein Leben lang gewesen schien. Von dort, wo ich herkomme, habe ich bis hierher die treueste und älteste Begleitung und Sicherheit gehabt, die ein Mensch nur haben kann. Die Fremde, die meine Vorfahren hierhergebracht hat, wird meine Kinder und Enkelkinder ebenso fürsorglich begleiten, uns dabei überall Standfestigkeit und Halt geben. Fest entschlossen versuche ich, stehen zu bleiben, es hilft mir, wenn ich aus dem Fenster sehe und die Baumwipfel im Wald fixiere. Auf meinem Spiegelbild hat Schweiß geglitzert und die trockenen Lippen haben sich zusammengepresst, bis sie schmerzten, das war die Entschlossenheit. Ich muss mich hinlegen.

Man möchte weinen vor Zuversicht über eine solche Begleitung, aber das Gefühl alles erst jetzt verstanden zu haben, macht aus Freudentränen solche des Zorns und so kullert das Entsetzen in meinen Bart und versiegt dann einfach, als ich daran erinnert werde, dass das Verstehen der Reise immer erst am Ende einsetzen kann, wenn das Ziel erreicht ist. Früher glaubte ich an Erinnerung und wie sie mich begleiten müsse, jetzt kommt es mir rätselhaft vor, wie vorsichtig und behutsam mit ihr umzugehen ich mir vorgenommen hatte, als ich von der Bewahrung der Momente geträumt hatte. Also habe ich alles falsch gemacht, als ich irgendwann – sicher aber viel zu oft – die Zeit anzuhalten versuchte? Ist das der Traum gewesen, aus dem ich vorhin aufgewacht bin? Da ist er wieder, der Strom, der mich umspülte, während ich auf kleinen Inseln erschöpft Zuflucht suchte. Ich kann mich nicht erinnern, es könnte einen zum Verzweifeln bringen. Doch zum Glück sind die Träume immer schnell verschwunden. Unter mir redet Moritz mit Luke, sie müssen vom Einkaufen zurückgekommen sein, ohne dass ich es bemerkt habe. Die Stimmen werden lauter, ich hoffe, dass sie sich nicht streiten, alleine der Gedanke daran rüttelt wild an mir. Doch weiter kommen meine Sorgen gar nicht, beide verstehen sich schon wieder und lachen laut auf. Ich muss ihm sagen, dass er ein guter Vater ist. Für einen Moment bin ich unendlich stolz und zufrieden.

Peter Karoshi

Der Historiker, Studium der Geschichte und Anglistik/Amerikanistik an der Karl-Franzens-Universität in Graz, hat von 1999 bis 2005 am transdisziplinären Spezialforschungsbereich »Moderne – Wien und Zentraleuropa um 1900« im Fachbereich Österreichische Geschichte in Graz mitgearbeitet und über Pluralitäten, Heterogenitäten und Gedächtniskulturen in Vielvölkerstaaten geforscht. Sein erster Roman *Grünes, grünes Gras* erschien 2009. Peter Karoshi lebt in Wien.